내 시체를 찾아주세요

Original Japanese title: WATASHI NO SHITAI WO SAGASHITEKUDASAI.
Copyright ⓒ Wataru Hoshizuki 2024
Original Japanese edition published by Kobunsha Co., Ltd.
Korean translation rights arranged with Kobunsha Co., Ltd.
through The English Agency (Japan) Ltd. and Danny Hong Agency

이 책의 한국어판 저작권은 대니홍 에이전시를 통한 저작권사와의 독점 계약으로 주식회사 오팬하우스에 있습니다. 저작권법에 의해 한국 내에서 보호를 받는 저작물이므로 무단전재와 복제를 금합니다.

내 시체를 찾아주세요

私の死体を探してください

호시즈키 와타루 지음 · 최수영 옮김

VANTA

차례

모리바야시 아사미의 공식 블로그 은밀한 머릿속	7
미시마 마사타카 1	11
이케가미 사오리 1	19
모리바야시 아사미의 공식 블로그 은밀한 머릿속	35
미시마 마사타카 2	53
하얀 새장 속 다섯 마리 새들 제1화	72
이케가미 사오리 2	82
미시마 마사타카 3	98
하얀 새장 속 다섯 마리 새들 제2화	117
이케가미 사오리 3	130

하얀 새장 속 다섯 마리 새들 제3화	138
미시마 마사타카 4	151
하얀 새장 속 다섯 마리 새들 최종화	170
이케가미 사오리 4	203
모리바야시 아사미의 공식 블로그 은밀한 머릿속	207
이케가미 사오리 5	213
미시마 마사타카 5	225
문예편집부	249

일러두기
- 외래어는 국립국어원의 외래어 표기법을 따랐으나 필요한 경우 관용에 따라 표기했습니다.
- 각주는 모두 옮긴이 주입니다.

> 모리바야시 아사미의 공식 블로그

은밀한 머릿속

믿기 어렵겠지만 제게 가장 큰 미스터리는 기자의 피라미드나 바빌론의 공중정원처럼 흔히 사람들이 미스터리라고 말하는 것들이 아닙니다.

제가 생각하는 가장 큰 미스터리는 '인간의 감정'입니다. 언제나 잡힐 리 없는 공기를 쥐려는 마음으로 인간의 감정을 떠올렸습니다. 타인의 감정뿐만이 아니었어요. 가끔은 제 감정에도 이름을 붙이기 어려웠습니다. 어린 시절 감정의 스위치를 꺼야 했던 탓일 수도 있어요. 아무래도 저는 친부에게 끔찍한 학대를 받았던 것 같습니다. 제게 일어난 일인데도 분명하게 말하지 못하는 이유는 당시 너무나도 어려서 학대받은 기억이 남아 있지 않은 탓입니다. 그러니 진짜로 감정의 스위치를 꺼버렸는지 어쨌는지 사실은 잘 모릅니다. 제 이야기이고 제 감정이면서 지금의 저를 만든 요소인데도 상상해서 말할 뿐입니다.

언제부터인지 모르겠지만 저는 보육원 선생님과 학교 선생님, 그리고 주변 어른에게 표정 없는 아이로 불렸습니다.

모르기에 더욱 궁금해지는 것이 인간의 감정이었어요. 어릴 적 독서에 푹 빠진 이유는 설령 만들어낸 이야기라 할지라도 그 안에 인간의 감정과 변화가 그려진다고 생각했기 때문입니다.

그리고 인간의 감정을 묘사하면서 제 안에 있는 다양한 감정을 알게 되었습니다.

스스로 터득한 제 감정은 아주 소중했습니다. 갖기 어려운 감정도 있었고 전부 흘러넘치듯 사라져 버린 감정도 있었습니다.

이렇게 얻은 감정이 소멸할 수도 있다는 말은 제게 공포 그 자체입니다.

1년 전 악성 뇌종양이 발견됐을 때 목숨을 잃을 가능성보다 병으로 인해 뇌가 변하고 감정을 느끼는 방식이 달라진다는 사실이 제겐 더 중요했습니다.

제 병은 한계에 다다랐습니다. 이런 제 결정을 비난하실 분이 많겠지만 느껴지는 감정이 아직 선명할 때 스스로 죽음을 택하려 합니다.

짧은 인생이었지만 대학생 때 소설가로 데뷔해 지금까지 꾸준히 작품을 발표할 수 있었던 것은 큰 행운이었다고 생각합니다.

조금 전 유작이 될 작품의 원고 집필을 마쳤습니다. 다음 편을 기다리실 《사이코걸》 시리즈에 관해 말씀드리면, 신뢰하는 편집자에게 모든 플롯을 맡길 예정입니다. 이렇게라도 작품의 결말은 남겼다고 생각합니다. 갑작스럽게 이런 이야기를 꺼내 여러분을 놀라게 하고 슬프게 만든 제가 할 수 있는 최소한의 속죄입니다. 부디 제멋대로인 저를 용서해 주세요.

지금까지 제 작품을 읽어주신 분들에게는 그저 감사할 따름입니다.

그래서 마지막으로 여러분에게 미스터리를 선물하려 합니다.

제 시체를 찾아주세요.

장난치냐며 비난하실 수도 있고, 모리바야시 아사미가 뇌종양에 걸려 미쳐버렸다고 하실 수도 있겠지만 저는 진심입니다.

제 시체를 찾아주세요.

미스터리 작가인 제가 여러분에게 드리는 마지막 미스터리입니다.

제 시체를 찾아주세요.

2023년 7월 30일
모리바야시 아사미

미시마 마사타카

1

 지하실을 만들자고 한 사람은 분명 나였다. 그런 걸 쓸데없이 왜 만드냐는 표정을 그대로 드러낼 때는 언제고 아사미는 막상 별장이 만들어지니 나보다 더 좋아했다. 취미방으로 쓰겠다는 내 말을 잊었는지 옛 문호들이 썼을 법한 오래된 좌식 책상을 옮겨달라 하고는 집필이 막히면 꼭 그곳에 가서 글을 썼다. 마감에 쫓길 때 아사미의 뒷모습은 마치 지하 감옥에 갇힌 죄수가 자기 무죄를 써 내려가는 듯했다.
 "궁지에 몰린 느낌이 들어서 집중이 잘 되는 것 같아."
 '~는 것 같아'는 아사미의 말버릇이다. 자신을 잘 모르는 건지 자신이 없는 건지 예전부터 항상 그런 말투였다. 본인에 대해 잘 모르는 여자가 글은 곧잘 썼다. 글을 쓸 때는 완전히 다른 인격이 들어오는 걸까.

처음 별장을 보러 왔던 날, 아사미는 후지산을 보고 두려워했다.

그 이유도 전혀 이해할 수 없었다.

"왠지 감시당하고 있는 것 같아."

후지산이 우리를 감시하고 있다고 했다. 하긴 야마나카 호수 언저리에서 바라보는 후지산은 사진이나 영상 혹은 전망대에서 보는 어슴푸레하면서도 신기루 같은 모습과 영 달랐다. 대지와 지구의 기운으로 발생한 융기의 위용이 느껴졌다. 그러나 후지산은 우리를 감시하지 않는다. 단지 그곳에 있을 뿐이다.

알 수 없는 이유로 후지산을 두려워하는 겁쟁이면서도 연쇄살인범과 테러리스트에 관한 이야기는 신나게 쓰는 아사미는 확실히 별난 여자였다.

결국 여기에 별장을 지은 이유도 '후지산이 감시하는 것 같아서'였으리라. 처음부터 여가 생활을 위한 장소가 아닌 번잡한 도쿄를 벗어나 원고를 집필할 만한 주택이나 아파트를 찾고 있었으니 '거대한 감시자'가 있는 이곳은 아사미에게 더할 나위 없이 좋은 장소였을 것이다. 그런 이유로 휴식과는 상관없이 야마나카호수에 별장을 지었다.

지하실에 있는 두 방의 문을 열어 환기했다. 당연한 이야기지만 창문이 없으니 환기하는 데 시간이 걸리는 편이다. 냄새도 잘 밴다. 원래 와인을 보관할 겸 팬트리용으로 지은 방이라 간단한 조리 정도는 이곳에서도 할 수 있다. 지하실은 지난번 아사미가 왔을 때 깜빡하고 버리지 않은 음식물 쓰레기가 남아 있어 악취가 가득했다. 정말 칠칠치 못하다. 아사미에게는 이런 구석이 있다. 어쩔 수 없었다지만 지하실에 온 걸 후회했다.

지하실 냉동고에 있던 얼음을 1층 부엌으로 옮기고 손을 씻은 뒤 찬장에서 마음에 드는 온더락 글라스를 꺼내 얼음을 담았다. 방울이 울리는 듯한 청량한 소리만으로도 치유되는 기분이다. 위스키를 따르고 단숨에 들이켰다.

이곳에 올 수밖에 없었다.

생각을 떨쳐버리듯 한 잔 더 따른 뒤 거실로 향했다. 바둑판처럼 정사각형 모양이 늘어선 대형 파노라마 통창 너머로 파란 하늘이 보인다. 평소라면 해방감이 들었겠지만 오늘은 그런 느낌이 들지 않는다. 땅이 꺼져라 한숨을 내쉬며 가죽 소파에 푹 파고들었을 때였다.

거실에 인터폰 소리가 쩌렁쩌렁 울렸다. 지하실에만 들어가면 인터폰 소리를 듣지 못하는 아사미에게 내가 소리를 키우자고 말했는데, 그 이유는 인터폰을 누르는 사람이 대체로 나였기 때문이다.

별장을 찾아오는 손님은 거의 없었다. 이웃과 딱히 교류하지도 않았고 아사미에게는 업무와 관련된 지인은 있어도 친구는 없었다. 중요한 우편물은 도쿄에 있는 아파트로만 가도록 했고 택배 역시 올 일이 없다. 그렇다면….

나는 머뭇거리며 방문자의 모습이 비치는 인터폰 화면을 들여다봤다. 화면에는 익숙한 얼굴이 어딘가 불안한 표정을 짓고 있었다. 순간 멈칫했다. 지금은 누구와 만날 기분이 아니다. 하지만 아무리 눈치가 없는 사람이라도 주차장에 세워진 하얀색 랜드크루저 프라도를 못 봤을 리가 없다. 아사미나 나, 혹은 우리 둘이 별장에 온 확실한 증거라고 생각했겠지.

나는 어쩔 수 없이 통화 버튼을 눌렀다.

"선생님! 아사미 선생님!"

다급한 목소리에 깜짝 놀랐다.

"사오리, 아사미 여기 없는데 무슨 일이야? 당분간은 마감 없다던데, 뭐 잘못됐어?"

"아, 마사타카 씨예요? 선생님 지금 어디 계세요?"

"어디라니… 도쿄 아파트에 있겠지…."

"그곳에 안 계시니까 여기로 왔죠."

이케가미 사오리는 아사미를 담당하는 편집자다. 도쿄에서 이곳까지 운전해도 두 시간은 걸린다. 이대로 돌려보내기도 뭐해서 문을 열었다.

사오리는 약간 헝클어진 머리에 화장을 고치지 않았는지 이마와 코끝이 번들거렸다. 항상 빈틈없는 모습을 보이던 사오리였기에 의외였다.

"전화도 문자도 답이 없어요. 어디 계시는지 몰라요?"

"도쿄 집이 아니면 나도 잘 몰라."

"마지막으로 선생님을 본 게 언제, 어디였어요?"

"그걸 왜 물어?"

"이대로 있다간 선생님이 자살할 거예요! 선생님 블로그 못 봤어요?"

사오리가 무슨 말을 하는지 이해가 되지 않았다. 아사미가 자살이라고? 말도 안 돼.

"난 아사미 작업에 관여 안 하니까. 블로그도 안 읽어. 자살한다니 무슨 말이야?"

"이거 좀 보세요."

사오리는 자신의 핸드폰 화면을 몇 번 누르더니 내게 내밀었다. 내키지 않았지만 받아서 글을 읽었다.

마지막까지 훑어봤을 때는 이게 뭔가 싶었다. 뭐야 이건! 아사미가 병에 걸렸다고? 나는 아무런 얘기도 듣지 못했다. 심지어 최근에 아사미는 아파 보이지도 않았다. 소설이 아닐까? 게다가 자살한다는 내용에 경악을 금치 못했다. 스스로 죽음을 선택해? 아사미가 그런 생각을 할 수 있을까? 아사미는 한순간도 죽고 싶어 한 적이 없는 여자인 줄 알았다.

제 시체를 찾아주세요.

세 번 반복된 이 문장에서 어딘지 연극 같은 말투가 느껴졌다. 아사미는 교묘하게 수작을 부려 이쪽에서 쩔쩔매는 모습을 보고 즐기려는 걸까?

"마사타카 씨, 선생님을 마지막으로 본 게 언제예요? 집이나 별장 말고 선생님이 갈 만한 곳 중에 짚이는 데 없어요?"

"사오리, 설마 블로그에 올라온 내용을 믿는 건 아니지?"

사오리가 나를 노려봤다. 그리고 질린다는 듯 깊게 한숨을 쉬고는 내 손에서 핸드폰을 낚아챘다. 평소 그녀답지 않은 과격한 움직임에 깜짝 놀랐다. 사오리는 화면을 스크롤해 무언가를 확인했다. 짜증을 숨기려 하지도 않았다.

"믿으니까 제일 갈 만한 곳인 여기로 왔죠. 지금 출판사에는 블로그를 읽은 사람들의 항의 전화가 빗발치고 있어요. 마사타카 씨, 제가 마지막으로 선생님을 뵌 건 열흘 전이었어요. 시리즈 신작 건으로 만났을 때요. 선생님을 마지막으로 본 날이 언제죠?"

"어제 도쿄 아파트에서. 아사미랑 싸우고는 어제 나 혼자 여기에 왔어. 글은 언제 올라온 거야?"

"어젯밤 11시 반이요. 근데 선생님은 항상 시간을 지정하고 글을 올리시니 그때 쓴 게 아닐 수도 있어요."

"그러면 블로그 내용이 진짜라고 해도 어제 11시 반에 아사미가 어떤 상태였는지는 모른다는 말이네?"

"맞아요. 그러니까 서둘러야 해요. 선생님을 찾으려면 마지막으로 본 사람이 누군지가 중요해요. 서로 위치 추적 같은 건 안 해봤어요?"

"그런 거 안 하는 건 너도 잘 알잖아?"

"선생님만 마사타카 씨의 위치를 알 가능성은 없어요?"

"그럴 수도 있어. 근데 모를 일이지. 아사미는 내가 뭘 해도 신경 안 쓸 것 같아서. 아무리 의심스러워도 뭐라 한 적 없고."

그 순간 사오리는 고개를 갸웃하고는 거실을 두리번거리더니 핸드폰에 무언가 입력해 내게 내밀었다.

메모 앱에는 이렇게 쓰여 있었다.

―이 방에 도청기는 없어요?

"도청기? 그런 게 왜 있다고 생각하지?"

사오리는 마치 아이를 조용히 시키듯 검지를 입술에 대더니 다시 메모를 적은 뒤 화면을 돌렸다.

―선생님이 우리 관계를 다 알고 있어요. 도쿄 아파트에서 도청한 것 같은 녹음을 제게 들려줬어요. 우리가 주고받은 메시지도 감시했나 봐요.

덥지도 않은데 등줄기에서 땀이 확 났다. 아사미는 모두 알고 있었다. 그런데도 그 사실을 폭로하지 않은 채 죽을 수 있을까?

보복할 계획을 세우지 않았을까?

이케가미 사오리

1

 어리벙벙한 남자의 표정을 보니 몇 번째인지 모를 후회가 밀려왔다. 후회뿐이다. 이 남자는 자신이 모리바야시 아사미 선생님의 남편이라는 것 말고는 아무런 가치도 없다는 사실을 아직도 모르나?
 아니, 가치가 없다는 말은 내게만 해당할지도 모른다.
 흔히 말하는 남녀 관계가 된 뒤 아무리 시간을 들여도 난 이 남자가 가진 매력을 전혀 알 수 없었다.

 나는 출판사에 입사하기 전부터 아사미 선생님의 담당 편집자가 되기를 꿈꿨다.

선생님의 데뷔작인 《단죄의 행방》은 고등학생 때 읽었다. 충격이었다. 그 소설을 대학생 시기에 썼다는 사실을 알았을 때 받았던 충격이 지금도 선명하게 기억난다. 나도 소설가가 되고 싶어졌다.

초등학생 때부터 국어 성적이 괜찮았고 책 읽기도 좋아했다. 작문도 곧잘 해서 독후감으로 금상을 받은 적도 있고 자유 기고한 글이 신문에 실린 적도 있으니 분명 나라면 가능할 거라고 생각했다.

그 생각이 커다란 착각이었다는 걸 대학생이 되고 나서 알았다.

아무래도 나는 '소설 쓰기'에 재능이 없는 듯했다. 몇 번이나 마음을 다잡아도 이야기를 구성하고 문장을 써 내려가는 작업을 도저히 할 수가 없었다. 쓰고 지우기를 반복하면서 스스로 소설을 쓰지 못한다는 사실을 깨달았다. 그러자 소설가에 대한 동경이 한층 강해졌다. 내가 쓰지 못한다면 적어도 소설가가 탄생하는 곳에 들어가고 싶었다.

이런 이유로 난 편집자가 되기로 했다.

원하던 대로 출판사에 입사했지만 바로 편집 팀이나 문학 팀에 갈 수 없다는 건 잘 알고 있었다. 그런데 운 좋게도 희망 부서에 배치되어 입사 3년 차에 모리바야시 아사미 선생님을 담당하게 되었다.

고등학생 때부터 10년 가까이 따라 읽으며 좋아한 소설가를 담당하게 되었을 때의 흥분되던 기분을 여전히 기억한다.

처음 선생님을 만난 건 전임 담당자와 인수인계를 위해 선생님이 살고 계신 아파트에 갔던 날이었다. 얼굴은 사진으로 봐서 알고 있었지만 실제로 보니 생각보다 몸집이 훨씬 왜소하고 커다란 눈이 인상적인 아주 아름다운 분이었다. 하지만 어딘가 가늠하기 어려운 사람으로도 보였다.

나는 모델하우스처럼 세련되고 깔끔하게 정리된 거실에서 내가 선생님의 작품을 얼마나 좋아하는지, 언제 선생님의 작품을 접했는지 그 긴 서사를 읊을 준비를 했다.

"선생님, 안녕하세요. 이번에 새로 선생님을 담당하게 된 이케가미 사오리입니다. 경력은 짧지만 선생님 작품은 데뷔작부터 모두 읽었습니다."

"그래요? 고마워요."

선생님은 내가 내민 명함을 그저 보고만 있었다. 냉담한 반응에 가슴이 쓰라렸다. 하긴 선생님처럼 유명한 작가라면 이런 말은 수없이 들었겠다며 마음을 다잡았다.

"인터뷰도 대담집도 거의 다 봤어요. 선생님의 작품 구성과 아이디어는 언제나 경이로워요!"

"아, 그런가요."

선생님은 고개도 들어주지 않았다.

말을 이어갈수록 선생님의 표정은 굳어져 갔고 불안해진 나는 점점 열을 올려 이야기했다. 했던 말이 반복되자 선생님과 나 사이에 있는 마음의 벽이 두껍고 높아지는 듯해 더 불안해졌다. 내 상태를 알아챈 전임자가 나의 평소 업무 태도와 내가 얼마나 선생님의 작품을 좋아하는지 등을 말해줬지만, 역시나 지나간 날씨 이야기를 듣는 정도의 반응만 돌아왔다.

초조와 긴장이 극에 달해 구역질이 날 것 같았다.

선생님 같은 인기 작가를 담당하는 사람은 당연하게도 나뿐만이 아니다. 출판사마다 담당 편집자가 대기하면서 다음 작품과 히트작을 노리고 있다.

그날 선생님은 내가 말하는 내내 시큰둥한 반응을 보이며 단 한 번도 고개를 들어주지 않았다. 아무도 없는 집에 돌아온 나는 풀썩 주저앉아 울었다. 얼굴조차 기억해 주지 않았다. 슬프고 또 서운했다. 어쩌면 슬픔을 넘어선 분노마저 느꼈을지 모른다. 그렇다고 이후에 내가 한 행동을 정당화할 수는 없겠지만.

나는 분노와 초조가 뒤섞인 내 감정을 우선시했다.

내가 진짜로 해야 하는 일은 선생님의 기분을 떠올리는 것이었지만 미숙했던 나는 그러지 못했다.

저 남자는 나의 그런 부분을 이용했다.

그러나 일방적으로 이용당했다고는 할 수 없다. 내게는 분명 호기심이 있었다. 미시마 마사타카가 선생님의 남편이라는 사실, 그저 그게 흥미로웠다. 내가 원하는 왕관의 요소가 그에게 있었다.

마사타카를 처음 만난 건 선생님 자택에서 두 번째로 회의하던 날이었다. 선생님의 반응은 여전히 뜨뜻미지근했고 나는 변함없이 난처해하고 있었다.

그때 갑자기 거실 구석에 있던 문이 열리고 선생님의 머리가 문 쪽으로 향했다. 나도 따라서 고개를 돌리니 연한 푸른색 차이나칼라 셔츠에 청바지를 입은 남성이 나타났다. 정리된 수염이 청결해 보였다. 나보다 조금 연상인 남성. 첫인상에서 안 좋은 점은 하나도 없었다.

"미안. 회의 중이야?"

"어젯밤에 말했던 것 같은데…. 사오리 씨는 남편 처음 보지?"

"안녕하세요. 앞으로 선생님을 담당하게 된 이케가미 사오리입니다."

"네, 안녕하세요. 아사미 남편 미시마 마사타카예요."

"아, 맞다. 지금 나가는 길이면 사오리 씨 좀 역까지 바래다줄래?"

"응, 알았어."

"선생님, 회의가 아직…."

"오늘은 더 이상 안 될 것 같아. 다시 날을 잡자."

"그래도 잠시만 더…."

"좀 생각할 시간을 줄래?"

선생님의 컨디션 때문에 갑자기 회의가 끝나자 마음이 조급해졌다. 그때 마사타카가 웃으며 끼어들었다.

"사오리 씨, 아사미가 이렇게 나올 때는 무슨 말을 해도 안 돼요. 그렇지?"

"맞아, 미안해."

선생님은 나를 보고 멋쩍게 웃었다. 나는 내 얼굴을 제대로 봐주었다는 사실에 그저 기뻤다. 선생님에게 남편인 마사타카가 아주 중요한 인물이라는 명백한 증거 같았다.

곧이어 마사타카가 새하얀 랜드크루저 프라도로 역까지 바래다줬다. 연락처를 교환하자는 말은 내가 먼저 꺼냈다.

해서는 안 되는 일이었으나 그때 나는 필사적이었다.

마사타카와 불륜 관계가 되었을 때는 나만의 동아줄을 잡은 듯했다. 그것이 커다란 착각이었다는 건 얼마 안 가 바로 알아챘지만 이미 엎질러진 물이었다. 비밀을 지키기 위해 관계를 이어가야 했다. 이 관계는 내게 입막음용일 뿐이었다. 나는 마사타카에게 정말 어떠한 매력도 느끼지 않았다.

"도청기라면⋯ 설마."

이제야 내 말을 알아들은 마사타카의 아둔함에 속이 뒤집어졌다.

"선생님은 우리 관계를 알고 있었어요."

이제는 선생님이 들어도 어쩔 수 없다고 생각하며 메모를 멈추고 마사타카에게 말했다.

선생님이 가장 신뢰하는 편집자는 나여야만 했는데 이제 다 끝났다. 블로그에는 신작 원고와 인기 시리즈의 플롯을 편집자에게 맡긴다고 적혀 있었다.

신작은 그렇다 쳐도 인기 시리즈는 선생님과 내가 함께 구상한 기획이었다. 나는 그 시리즈의 완결판 플롯을 받지 못했다. 내게 없는 상황이 너무나 부자연스럽다. 편집장에게는 플롯은 받았지만 선생님이 병에 걸렸다는 사실이나 최근 소식은 몰랐다고 말하고선 편집부를 뛰쳐나와 곧바로 이곳으로 왔다.

이대로 돌아갈 수는 없다.

물론 선생님이 제일 걱정이지만 신작 원고와 인기 시리즈의 플롯이 다른 사람 손에 넘어간다고 생각하면 너무 분해서 머리를 쥐어뜯고 싶어진다.

그런데 가장 중요한 마사타카는 아무것도 모른다고 한다. 이렇게 중요한 때에 거실에서 느긋하게 위스키를 마시고 있다.

이 별장도, 커다란 랜드크루저 프라도도, 왼손에서 자기주장을 펼치는 한정판 롤렉스도, 전부 자기 돈으로 사지도 않았으면서 왜 이렇게 천하태평일까.

"마사타카 씨 꿈도 소설가야."

선생님에게 그 말을 들었을 땐 마지못해 웃을 수밖에 없었다. 때마침 다른 회사에 다니는 편집자에게 모리타야시 아사미의 남편이 기생충이라는 이야기를 들은 직후였기 때문이다. 마사타카는 선생님과 결혼하기 직전에 '창작 활동에 전념하겠다'라는 명목으로 일하던 회사를 그만두었고 그 상태로 현재에 이른 듯했다.

"그래요? 어떤 소설을 쓰세요?"

"그건 나도 잘 몰라. 한 번도 보여준 적이 없거든."

그렇게 말한 뒤 씁쓸하게 웃는 선생님의 얼굴을 보니 선생님은 아닐지 몰라도 나는 마사타카가 의심스러웠다. 그는 흉내만 낼 뿐 한 번도 글을 완성한 적이 없지 않을까.

예전에 소설을 쓰고 싶어도 끝까지 쓰지 못했던 내 모습이 떠올라 의심은 더 짙어졌다.

아무리 고상하다고 해도, 아무리 기획이 훌륭하고 신선하다 할지라도 완성하지 못한 작품은 세상에 존재하지 않는다는 점에서 그 어떤 고리타분한 작품에도 못 미치는 법이다. 이 사실을 선생님이 모를 리가 없었다.

마사타카는 정말로 아무것도 하지 않는 남자였다. 집안일은 모두 선생님의 몫이었는데 정갈하고 빈틈없는 솜씨였다. 도쿄의 아파트며 야마나카호수에 있는 별장까지 구석구석 손이 닿지 않은 곳이 없었고 식사는 물론 미소 된장까지 직접 만들 정도로 꼼꼼했다. 집안일에 할애하는 시간이 줄어 조금이라도 자유로워지면 작품에 좀 더 집중할 수 있지 않을까 하는 생각이 들었다.

"선생님, 청소만이라도 사람을 쓰는 게 어때요? 좀 힘들어 보이셔서요."

"그러게…."

마음에도 없는 대답이었다. 하지만 그 이유는 나라도 바로 알 수 있었다. 선생님에게는 마사타카 말고도 또 다른 짐이 있었다.

바로 마사타카의 엄마였다.

그녀는 이 집안의 가계를 짊어진 사람이 아사미 선생님이라는 사실을 모르는 것 같았다. 마사타카가 엄마에게 뭐라 말하는지는 쉽게 예상할 수 있었다.

아들이 하는 거짓말을 계속 믿어주는 어리석은 엄마.

외동아들인 마사타카가 어리광을 부리면 다 받아준, 그래서 근거도 없는 자신감과 자존심만 키워준 사람이 엄마였겠지. 응석 부리는 게 당연하고 그릇 하나 치울 생각도 하지 않는 남자로 키운 엄마.

마사타카의 엄마는 그 바통을 어떻게든 선생님에게 넘기고 싶은 모양이었다.

회의가 있던 어느 날이었다. 마사타카의 엄마가 선생님 아파트에 왔다. 항상 연락도 없이 불쑥 찾아오는 듯했다.

"어머, 애야, 일하는 중이었니? 청소는 다 했고? 커튼은 언제 빨았어? 마사타카는 먼지가 있으면 기침해서 안 되는데."

"어머님, 커튼은 지난주에 세탁했어요."

"어머, 진짜?"

마사타카의 엄마가 걷어 놓은 커튼을 훅 당기더니 천을 쓰다듬고 냄새를 맡았다.

그 집요한 모습에 닭살이 돋았다.

마사타카의 엄마는 그렇게 불쑥 찾아와서 집 안 이곳저곳을 확인했다.

선생님과 회의를 할 때마다 자주 마주쳐서 그녀가 매일같이 찾아온다는 사실을 알게 되었다. 이런 어색한 상황을 마주하기 싫었고 선생님도 보여주고 싶지 않을 것 같았다.

"선생님, 회의를 다른 데서 하는 건 어때요?"

마사타카의 엄마가 오지 않은 날 내가 이렇게 묻자 선생님은 난감하다는 듯 웃었다.

"미안해. 신경 쓰이게 했네. 그래도 아무도 없는 집에 오시는 것보단 내가 있을 때 오시는 게 편해."

"네? 그게 무슨 말씀이세요?"

"어머님이 이 집 열쇠를 가지고 계셔."

아무도 없는 아들네 집에 마음대로 들락날락하는 엄마. 솜털까지 바짝 섰다.

"네? 이상하지 않아요?"

"이상해?"

"이상해요."

"그래? 근데 어머님께 열쇠를 드린 사람이 남편이라서…."

"돌려받지는 못해요?"

"음. 좀 어려울 거야. 나한테도 문제는 있어. 내가 가족이라는 것과 딱히 인연이 없었으니까. 원래 가족끼린 이렇게 한다고 해버리면 할 말이 없거든."

"그래도…."

"괜찮아. 하던 일을 멈추라든가 그만두라고 하시지는 않으니까. 일만 안 건드리면 돼. 그리고 어머님에 대해서는 오히려 좀 즐기는 부분도 있어."

"즐겨요? 지나친 간섭 아닌가요…."

"그럴지도 모르지…. 하지만 난 지금껏 누군가에게 이렇게까지 관심을 받아본 적이 없거든."

"아…."

선생님의 삶은 인터뷰를 읽어서 이미 알고 있었다. 시어머니가 괴롭히는 상황을 '관심'이라는 단어로 치환하는 선생님에게서 고독과 슬픔이 느껴져 아무 말도 하지 못했다.

그날 이후로는 마사타카의 엄마가 부리는 온갖 기행을 목격해도 침묵을 지켰다.

그래. 마사타카가 아니라 그의 엄마가 마지막 목격자일 가능성도 있다. 나는 아직도 얼빠진 표정을 짓고 있는 마사타카에게 고개를 돌렸다.

"마사타카 씨, 마사타카 씨 어머니가 가장 최근에 선생님을 본 게 언제였는지 확인해 줄래요?"

"엄마한테? 어어, 알겠어."

마사타카가 핸드폰을 들었다. 나는 앉지도 서지도 못한 채 거실에 놓인 테이블 옆을 좌우로 왔다 갔다 했다.

전화가 연결된 듯 마사타카는 선생님이 행방불명되었고 자살한다는 내용이 담긴 블로그 글을 남겼다고 말했다. 순간 침묵이 흐르고 잠시 뒤 스피커폰이 아닌데도 수화기 너머로 호통치는 소리가 새어 나왔다.

"아사미가 사라졌다고? 큰일 나, 안 돼! 아사미가 오늘 주기로 했단 말이야!"

"엄마! 뭐가 큰일 난다는 거야?"

"안 돼…."

그녀는 꺼이꺼이 울기 시작했고 마사타카는 당황했다.

"엄마, 왜 울어? 아사미한테 뭘 부탁했는데?"

또다시 침묵이었다.

"엄마!"

"돈이야! 돈!"

"어? 돈? 엄마가 아사미한테 돈을 왜 빌려? 아빠 퇴직금이랑 보험금 있잖아."

마사타카가 따져 물었다. 그의 엄마가 작은 목소리로 소곤거리는지 내게는 잘 들리지 않았다.

"그런 걸 왜 했어?"

"어쩔 수 없잖아. 퇴직금이나 보험금이 무한정 있는 것도 아니고. 네가 갓 취업했을 때 내가 용돈도 좀 주지 않았니? 다른 사람도 아니고 내 애를 위한다는 생각에 너한테는 한 푼도 안 아꼈는데 그렇게 말하면 안 되지."

간섭하는 것도 모자라 돈까지 빌렸나. 어이가 없었다. 게다가 머릿속에 선생님의 안위보단 돈만 있는 듯해 치가 떨렸다.

어쩌면 선생님이 투병 생활을 하지 않고 자살을 택하려 한 원인에는 시어머니도 있지 않을까.

구역질이 날 만큼 분노가 끓어올랐다.

"마사타카 씨, 일단 지금은 언제 선생님을 마지막으로 봤는지 물어봐 주세요."

"어어, 알겠어."

마사타카는 머릿속에 돈밖에 없는 그의 엄마를 달래가

며 물었다.

"일주일 전에 전화한 게 끝이래. 마지막으로 만난 날은 기억 안 나나 봐."

"일주일? 그렇게나 전에요? 통화만 했다고요? 제가 담당자가 됐을 무렵에는 거의 매일 오셨잖아요."

"그랬나?"

어딘가 이상하다고 느꼈지만 이유를 알지 못한 채 이어서 말했다.

"회의하는 날마다 봤다고 해도 될 정도였거든요."

그렇게 말은 했지만 생각해 보니 최근 6개월간, 아니 그 이상일 수도 있는데 마사타카의 엄마와 마주치지 않았다는 사실을 깨달았다.

"그렇군."

남편임에도 본인 엄마나 나보다도 선생님을 모르는 듯한 대답이었다.

그건 그렇고 선생님은 어디로 가버렸을까?

나로서는 더 이상 짐작 가는 곳이 떠오르지 않던 그때였다.

내 핸드폰에서 알림이 울렸다. 나는 화면을 보고 경악했다.

"마사타카 씨! 선생님 블로그에 글이 올라왔어요!"
알림은 선생님 블로그에 새로운 글이 게시될 때 울린다.
"무슨 말이야?"
"일단 읽어볼게요."
나는 선생님의 블로그를 열었다.

> 모리바야시 아사미의 공식 블로그
>
> ## 은밀한 머릿속

※ 이 블로그는 공개 시간을 설정했습니다. 새 글이 올라왔으니 제가 살아 있다고 생각해 안심하신 분들에게는 죄송하지만 제가 죽었다는 사실에는 변함이 없습니다.

이 자리를 빌려 몇 분에게 메시지를 남기려 합니다.

조금 길어질 것 같지만 이분은 읽는 걸 힘들어하시니 여기서부터는 영상으로 대체하겠습니다.

↓ ↓ ↓ ↓

화살표 아래 화면에는 재생 횟수가 이미 200회가 넘은 영상이 있었다. 블로그를 읽은 사람들이 본 흔적이다.

사오리는 마사타카와 마주 보고 고개를 끄덕인 뒤 조심스럽게 재생 버튼을 눌렀다.

화면 속 아사미는 의자에 앉아 천천히 인사했다. 그리고 사람들에게 현재 상황에 대해 사과한 후 말했다.

"쓰다 보니 단편소설 한 편 정도 되는 분량이 됐어요. 어머님은 신문도 못 읽을 정도로 눈이 너무 피로해서 제 소설은 읽은 적이 없다고 하셨기에 영상으로 전합니다."

씩 웃는 얼굴에서 마사타카는 한기를 느꼈다.

영상 속 아사미가 편지를 읽기 시작했다. 받는 사람은 마사타카의 어머니였다.

어머님께.

어머님께는 신세를 참 많이 졌습니다. 어머님을 처음 뵌 날이 지금도 생생하게 기억납니다. 어머님께서는 불편한 기색을 조금도 숨기려 하지 않으셨어요. 정말 솔직한 분이라고 생각했지만 오히려 의사를 정확하게 표현해 주셔서 편했습니다. 진짜 무서운 건 웃음 뒤에서 무슨 생각을 하는지 알 수 없는 사람이니까요. 아, 어머님은 제게 이렇게 말씀하셨죠.

"맨날 실실 웃으면서 끄덕거리기만 하는데 내 말 다 듣고 있지?"

항상 다 듣고 있었습니다. 그동안 가족과 인연이 없는 인생을 살아와서 '어머니'라는 것이 어떤 존재인지 알고 싶다는 호기심으로 가득 차 있었거든요.

어머님은 집안일을 철저하게 가르치려고 하셨지요?

"너는 상식이 없잖니."

그렇게 말씀하셨습니다. 어머님은 '상식'이라는 말을 아주 좋아하셨어요. 하지만 저는 그 말이 반복될 때마다 '상식'이라는 것을 점점 알 수 없게 되었습니다.

어머님이 말씀하시는 '상식'은 때와 상황에 따라 이리저리 흔들렸으니까요. 대부분 마사타카 씨가 하는 말에 흔들렸고 제가 시시하다고 생각한 생활 정보 프로그램에도 흔들렸습니다.

하지만 저를 가장 힘들게 한 건 손자를 원한다는 말씀이었습니다. 왜 그러셨나요? '손자를 원한다'는 욕망 앞에서는 평소 점잖던 어머님의 입에서 터무니없이 천박하고 상스러운 말이 튀어나왔습니다.

"아사미, 일도 중요하지만 시간은 널 기다려 주지 않는단다."

이건 따뜻한 편이었습니다.

"나도 마사타카를 낳고 나서야 미시마 집안의 사람이 된 기분이 들었단다."

저는 한 번도 미시마 가문의 일원이 되고 싶어 한 적이 없었습니다.

"설마, 섹스리스는 아니지? 네가 일만 하니까 마사타카가 그럴 마음이 안 생기는 거 아니니?"

설령 섹스리스라고 해도 그게 어머님과 무슨 관계가 있는 걸까요. 마사타카 씨가 그럴 마음이 생기지 않는다면 그 책임은 마사타카 씨에게 있지 제게는 없다고 생각합니다. 게다가 실제로 섹스리스였다고 해도 어머님께 상담할 리가 없죠.

어렴풋이 알고 있었습니다. 어머님이 말씀하시는 '상식'이라든가 '세상의 시선'이라는 것은 어머님의 감정에 따라 얼마든지 바뀔 수 있고 어머님에게 유리하게 말하는 것에 불과하다는 사실을 말이죠.

그래도 저는 어머님과 잘 지내고 싶었습니다.

어머님 같은 분이 잘 없으니까요. 제 호기심을 자극했어요. 그래도 그렇지, 어머님은 대체 왜 한 번도 물어봐 주지 않으셨나요?

"아사미, 아이를 원하지 않니?"

이렇게 물어봐 주셨다면 저는 솔직하게 대답했겠죠.

"제 인생에 아이를 낳을 계획은 전혀 없습니다. 원하지 않아서 피임약도 먹고 있어요."

솔직히 말하면 어머님이 손자, 손자 하실 때마다 이 사람은 손자랑 관련만 있으면 아무리 험한 말도 그냥 해버리는구나 싶어서 정말 이해할 수 없고 견디기 힘들었습니다.

어머님이 바라는 그날은 절대 오지 않습니다. 마사타카 씨가 저와 이혼하고 재혼하지 않는 이상 무리겠죠.

그리고 어머님은 마사타카 씨가 이혼할 생각이 없다는 것도 얼추 아시지 않았나요?

결혼하기 전에도 그렇고 결혼한 후에도 마사타카 씨에게 줄곧 수입이 없었다는 것을, 실은 알고 계셨지요?

어머님의 손자 공격은 결혼기념일이 쌓여갈수록 심해졌습니다. 이제 슬슬 제 인생 계획을 알려야 하나 고민했습니다. 하지만 어머님에게 상처를 드리고 싶지는 않았어요. 그래서 곰곰이 생각해 보기로 했습니다. 왜 어머님은 손자를 원하실까 따져보기로 했어요.

그러려면 먼저 어머님의 일상을 떠올려야 했습니다. 아버님은 저와 마사타카 씨가 결혼한 지 얼마 안 돼서 간암으로 돌아가셨죠.

실례되는 이야기일 수 있으나 두 분은 아무리 좋게 말하려 해도 사이가 좋은 부부라고는 할 수 없었습니다. 언뜻 보면 그렇지 않은 듯해서 좀 의아했지만 마사타카 씨가 알려 주었어요.

마사타카 씨가 중고등학생일 무렵 두 분의 관계가 가장 안 좋았다던가 그런 이야기였습니다.

사이가 좋지 않던 남편이 죽었으면 스트레스에서 벗어나 한결 가벼워진 마음으로 싱글 라이프를 즐기셔도 좋았을 텐데, 제 예상과 다르게 아버님이 돌아가신 뒤로 어머님의 집착은 심해졌습니다.

스트레스에서 벗어나지 못한 걸 보면 아마도 어머님은 아버님에 대한 어떤 감정을 동력으로 삼아 살아오신 것 같습니다. 그 빠져나간 동력을 제게서 보충하시려던 건 아닐까요.

뭐, 진실은 알 수 없지만 쉽게 말하면 어머님은 아버님이 돌아가시고 지루해지셨어요. 심심하고 또 심심해서 견딜 수가 없었기에 제게 손자를 원한다는 감정을 계속 드러낸 거죠.

하지만 채워지지 않는 무언가를 손자로 채우려는 생각은 너무나도 위험합니다.

강아지나 고양이가 아닙니다. 살아 있는 인간의 존재로 무언가를 채우면 위험하다는 건 상식이 없는 저라도 바로 예상할 수 있어요.

게다가 저는 아이를 낳을 생각이 없습니다. 안타깝게도 마사타카 씨는 외동아들이죠.

제가 낳지 않는다고 결정한 이상 어머님이 손자를 안을 날은 절대로 오지 않을 겁니다.

그렇게 생각하면 제게도 어머님에 대한 죄책감은 있습니다.

그렇다면 어머님께 손자에 맞먹는 무언가를 전해드리는 것이 저의 도리라고 생각했어요.

어머님은 고독해 보였습니다. 너무 한가해서 지루해하셨죠.

저는 어머님께 보이는 고독을 걷어내고 한가함과 지루함을 없애줄 방법을 떠올렸습니다.

예전에도 취미로 할 만한 활동을 찾아드리면 좋겠다는 생각에 연극이나 콘서트를 권유해 봤지만 어머님의 마음은 조금도 움직이지 않았어요.

어머님이 깊이 빠져들 무언가를 드리고 싶다. 진심으로 그렇게 생각하던 무렵 대학 동기가 집에 찾아오는 일이 생졌습니다.

갑작스레 연락해 온 옛 지인.

평소라면 경계했겠죠.

연락한 이유로 유추해 볼 만한 것은 생명보험 가입이나 투자 권유가 있습니다. 그 정도면 약한 수준이고 좀 더 심해지면 다단계, 더 심해지면 사이비 종교겠지요.

이날 나타난 지인은 제게 화장품 네트워크 사업을 권했습니다.

물론 정중히 거절했지만, 그때 떠올렸습니다.

어머님 지인 중에도 뜬금없이 연락하는 사람이 있지 않을까?

그렇게 생각한 저는 흥신소에 의뢰해 어머님을 알아봤습니다. 어머님 인생에서 한 번은 등장했을 법한 사람 중에 몇 명을 찾아냈어요.

처음에 흥신소 직원은 저를 의심했습니다. 하지만….

"어머님이 갑자기 자산을 매각했어요. 나쁜 사람이 어머님 집을 드나드는 것 같아서…. 거기로 돈이 흘러 나갈 가능성이 있는데 짚이는 데가 없어요."

이렇게 말하니 "그렇군요"라며 받아들이고는 발 벗고 나서서 찾아주었습니다.

저는 해당되는 인물들 중에 후보를 세 명 추렸습니다. 어머님이 어떤 이야기로 누구에게 달려들지 몰라 한 명으로는 안심할 수 없었기 때문입니다.

한 명은 남성이고 두 명은 여성이었습니다.

마지막까지 고민했지만 과감하게 한 명뿐인 남성을 선택해 보기로 했습니다. 말이 없고 올곧은 아버님과는 정반대의 타입이었거든요.

뭐, 첫 번째에 실패하면 두 번째, 세 번째 후보로 넘어가면 그만이었습니다.

저는 그 남성에게 '동창회 명부 작성 알림'이라는 내용이 담긴 우편물을 어머님 이름과 주소로 핸드폰 번호까지 포함해 보냈습니다.

그분이 간절히 원하는 것은 금방 유추할 수 있었으니까요.

물론 어머님이 동창회 명부 작성 같은 말씀을 하실 리가 없으니 이야기가 통하지 않을 줄 알고 있었습니다. 하지만 그 부분은 어떻게든 되리라 믿었어요. 그 남자는 적당한 구실만 있으면 어머님에게 접근할 테니까요. 그다음에는 남자가 어떻게든 구슬릴 테고 마음이 움직일지 아닐지는 어머님에게 달렸다고 생각했습니다.

남자의 이름은 하시모토 료스케라고 했습니다. 어머님

의 중학교 동창이었죠.

그의 사기 행각은 생각보다 잘 풀렸던 듯 다단계 회사를 세운 뒤 접고 다시 세우고 접기를 반복했습니다. 조직이 포화 상태가 되면 다른 사람에게 몽땅 넘긴 다음 도망치고 또다시 새로운 조직을 세워 책임 소재를 흐지부지하게 만들었어요. 정말 교활한 남자입니다.

본명은 하시모토 료스케지만 데릴사위로 들어가기도 하고* 결혼과 이혼을 밥 먹듯이 반복하면서 양자로 들어가기도 해 호적이 엉망진창이었습니다. 이런 일이 가능하다는 것도 꽤 볼만했습니다.

그의 본명은 지금 또 바뀌었을지 모르지만 그래도 뭐, 중학교 동창이니까 어머님 앞에서는 하시모토 료스케라고 밝혔겠죠.

제가 하시모토 료스케에게 우편물을 보내고 얼마나 지났을까요? 일주일도 되지 않아 커다란 변화가 생겼습니다.

어머님이 갑작스럽게 찾아오는 일이 없어진 것입니다.

효과가 너무 확실하다 보니 하시모토 료스케가 나타난 게 아니라 어머님이 돌연사하신 게 아닐까 생각한 저는 찜

---

* 일본에서는 정식으로 데릴사위가 되면 여자 쪽 성을 따라간다.

찝함에 전화를 드렸습니다.

"어머, 아사미, 무슨 일이니?"

수화기 너머로 들려오는 목소리로 어머님의 기분이 아주 좋다는 것을 알 수 있었습니다. 어딘가 들떠 계신 것도 같았어요.

"어머님, 몸은 어떠세요? 최근에 오시지 않아 걱정돼서요."

"어머, 그랬니? 요즘 좀 바빴거든."

"어디 여행이라도 가세요?"

"여행? 그거 좋네."

"집에 안 오시길래 무슨 일이 생겼나 걱정이 되더라고요."

"어머, 왜 그러니? 날 마음대로 죽이면 안 되지."

전화를 끊고서 깊이 한숨을 내쉬었던 기억이 납니다.

하시모토 료스케가 기대 이상으로 움직여 줘서 감탄했어요.

어머님의 깜짝 방문이 사라진 뒤 저는 원고에 집중할 수 있었습니다. 당연한 이야기지만 깜짝 방문이 사라지면서 손자 이야기를 들을 일도 없어졌어요.

저는 해방된 기분이었습니다. 생각보다 어머님이 제게 큰 스트레스였다는 사실을 그때 처음으로 깨달았습니다.

그로부터 한 달 정도 지났을까요? 제가 하시모토 료스케에게 우편물을 보낸 날이 12월인데 해를 넘겨 1월이 되었습니다.

어머님은 깜짝 방문이 아닌 전화를 주셨어요.

꽤 정중한 말투로 말씀하셔서 께름칙했습니다.

"어머님, 오랜만이에요. 어떻게 지내세요?"

"나는 잘 지내지. 저기 애야, 부탁이 하나 있는데. 마사타카에게는 비밀로 해줬으면 좋겠어."

마사타카 씨에게 비밀로 해달라는 말을 들었을 때 제 오른쪽 입꼬리가 자연스럽게 올라갔습니다. 그때 누군가가 저를 봤다면 좋은 일이 있다고 생각했겠죠.

전화로 해도 됐을 텐데 어머님은 직접 만나서 말하고 싶다고 하셨습니다. 밖에서 말하고 싶으시다기에 아파트 근처지만 한 번도 간 적이 없는 카페를 골랐습니다.

약속 시간보다 10분 일찍 카페에 도착하니 어머님은 이미 구석 자리에 앉아 계셨습니다. 전보다 화장이 조금 더 짙어져 있었어요. 좋은 방향으로 흘러가고 있다고 생각했죠.

"아사미, 여기야!"

어머님이 제게 손을 흔들었습니다.

"마사타카는 뭐 해?"

솔직히 말하면 저는 마사타카 씨가 매일 어디서 무엇을

하는지 모릅니다. 하지만 어머님 역시 사실이 어떤지는 상관없으실 테니 적당히 대답했습니다.

'네 집필에 방해되면 안 되지. 나도 찾아야 하는 소재가 있고.'

마사타카 씨는 제게 이런 말을 남기고 매일 어딘가로 나가는 게 일상이었어요. 대학교 창작 동아리에서 만났을 때도 그가 언제 집필하는지 알 수가 없어 항상 의문이었습니다.

하긴 저도 어디서든 소설을 쓸 수 있습니다. 컴퓨터가 없으면 손이나 핸드폰으로 쓸 수 있으니 집필하는 모습을 본 적이 없어도 이상하지는 않지요.

"취재하러 갔는데 저녁때까지는 돌아오지 않을 것 같아요."

그렇게 말하니 어머님은 매우 안심하셨습니다.

커피가 나오고 잠시 침묵이 흘렀습니다. 곰곰이 생각해보니 그때까지 저와 어머님이 나눈 대화는 대부분 어머님의 일방적인 가사 지도나 손자 이야기뿐이었기에 그 주제가 빠진 대화를 한 게 언제인지 기억도 나지 않을 만큼 참 오랜만이었습니다.

어머님은 저보다도 더 곤란해하셨습니다. 진짜 하고 싶은 말을 꺼내기가 힘든지 가벼운 대화라도 해보려는 듯했지만 지금까지 저를 신경 써본 적이 없어서 어떤 말을 해야 할지 모르는 눈치였습니다.

저는 싱긋 웃었습니다.

"비밀이라니까 두근거리네요. 마사타카 씨에게 함구할 이야기가 뭔가요?"

어머님은 쥐고 있던 손수건을 다시 접었습니다. 더뭇거리는 모습이 아주 만족스러웠습니다. 어머님이 제게 처음으로 보인 모습이었으니까요.

"그게, 좀 빌려줄 수 없을까 해서."

"…돈이요?"

"그래, 맞아."

"어머님, 사건에 휘말리셨어요?"

"그런 거 아니야. 투자를 좀 했는데 금액을 더 보태고 싶어서 그래. 지금까지 해온 게 아쉬워서."

여기서 순순히 내어주면 반대로 의심받을 것 같았습니다. 어머님이 그렇게까지 쉽게 넘어갈 캐릭터는 아니라고 생각했으니까요.

"투자라니, 구체적으로 어떤 거요? 최근에 사기나 법적으로 문제 있는 사건 소식이 자주 들리던데, 그 투자 정말 괜찮은 거예요?"

어머님 얼굴이 이마까지 새빨개졌습니다.

"내가 속았다는 거냐!"

주변 분위기가 얼어붙을 정도로 큰 고성이었습니다. 카페 점원이 동작을 멈춘 걸 본 어머님은 그제야 정신을 차리셨어요.

"속았다고 말씀드린 게 아니에요. 어머님이 걱정돼서 그래요."

"걱정 안 해도 돼. 다 갚을 수 있으니 좀 빌려주면 안 될까?"

저는 어머님에게서 시선을 떼어 위도 봤다가 아래도 봤다가 하면서 생각하는 척을 했습니다.

어머님의 눈이 제 시선을 좇고 있다는 사실이 어쩐지 짜릿했어요.

"알겠습니다. 얼마나 필요하세요?"

그렇게 말하자 어머님의 눈이 반짝반짝 빛났습니다. 마치 먹이를 노리는 매의 눈 같더군요.

"100만 엔."

사실 누가 끝이 딱 떨어지는 금액을 빌려달라고 할 때는 주의하는 편이 좋습니다. 숫자가 구체적이지 않다는 것은 빌리는 사람이 상황을 파악하지 못했다는 말입니다. 주먹구

구식이라는 게 뻔히 보이죠.

어머님은 눈앞에 있는 돈만 생각했습니다. 그리고 이제 대출이라는 장벽을 넘어서려고 합니다. 이 장벽은 골치 아프게도 한번 넘어가면 계속 낮아지죠.

결과적으로 저는 어머님께 얼마를 뺏겼을까요?

상황은 난처해졌지만 제가 자초한 일이었기에 오히려 흥분에 가까운 고양감에 휩싸였습니다.

"알겠습니다. 어머님 계좌로 보내드릴게요."

"지금 같이 은행에 가면 안 되니?"

그만큼 절박한 상황이었던 걸까요. 오싹했습니다. 제가 돈이 없다며 거절했으면 어떻게 하셨을까요? 좀 더 재미있는 상황을 봤을지도 모르겠네요. 약간 아쉬웠지만 앞으로도 기회는 계속 생길 것 같았습니다.

또 제가 병에 걸리기도 했으니 어머님이 수단과 방법을 가리지 않고 시간을 들여 저를 설득하는 모습을 보는 것보다도 깔끔하게 돈을 드려 어머님이라는 존재를 제게서 떨어뜨려 놓는 편이 나았습니다. 이후로 어머님께 돈을 빌려달라는 문자를 받을 때마다 인터넷뱅킹으로 보내드렸고 더 이상 어머님과 만나지 않게 되었습니다.

어머님이 건강하다는 것은 보내시는 문자를 통해 알고

있으니 신경 쓸 일이 줄어들면서 제 시간을 충실히 보낼 수 있게 되었죠.

어머님께는 총 3,000만 엔… 어머님의 표현으로 말하자면 '빌려' 드렸습니다.

어머님이 이 영상을 보실 무렵에는 아마 손자에 대해서는 하나도 생각나지 않으시겠죠.

돈.

머릿속이 돈으로 가득 찼을 겁니다.

다행입니다. 지금까지 제가 빌려드린 돈은 신경 쓰지 않으셔도 됩니다. 만약 어머님이 원하던 대로 아이를 세 명 낳았다면 그 정도 돈은 썼을 테니까요.

다만 어머님이 전부 쏟아부은 '투자'에서 지금 바로 손을 뗄 수 있을지는 모르겠네요.

하시모토 료스케와 어머님의 관계까지는 제가 모르니까요.

어머님께는 정말로 죄송하게 생각합니다. 마사타카 씨에게 비밀로 해달라고 그렇게 신신당부하셨는데 돈 이야기를 이런 식으로 알렸으니까요.

하지만 이제 마사타카 씨에게 마음 놓고 빌릴 수 있게 되지 않았나요? 단, 한 가지 걱정이 있습니다. 제가 죽어버린 지금 마사타카 씨가 쓸 수 있는 돈은 거의 없다는 거예요.

제 시체는 쉽게 찾아내지 못합니다. 그렇게 되면 저는 행방불명으로 처리되어 현재 제 명의로 된 자산을 누구도 건드릴 수 없게 돼요.

이렇게 된 이상 어머님이 하실 수 있는 일은 두 가지입니다.

하시모토 료스케와 완전히 인연을 끊는 것.

제 시체를 찾는 것.

무엇을 선택할지는 어머님 마음이지만 저는 어머님이 제 시체를 찾아주는 쪽을 택하기를 바랍니다.

어머님, 부디 제 시체를 찾아주세요.

꼭 제 시체를 찾아주세요.

미시마 마사타카

2

"아사미가 진짜 이런 짓을 했다고? 엄마를 함정에 빠뜨릴 줄은…."

새로 업데이트된 블로그 속 영상을 본 뒤 중얼거렸다. 조금씩 사오리에게로 고개를 돌리니 그녀도 충격을 받은 듯했다.

"잘 모르겠어요. 큰일이에요, 공개한 지 이제 30분밖에 안 됐는데 댓글이 엄청 달리고 있어요. 논란이 될 거예요."

사오리가 그렇게 말하고 나서 곧바로 그녀의 핸드폰이 울렸다.

"네, 사오리입니다."

사오리는 통화를 간단히 끝내고 한숨을 쉬었다.

"편집장이에요. 편집부에도 문의랑 항의 전화가 늘었나 봐요. 더 이상의 혼란은 피하고 싶다는 말씀이었어요. 마사타카 씨, 여기에 컴퓨터 있죠? 밑져야 본전이라 컴퓨터는 확인하고 싶은데 괜찮을까요?"

"당연히 괜찮다고 하고 싶은데… 난 비밀번호를 몰라."

"괜찮아요. 제가 알아요."

"알고 있다고? 아사미가 그 정도로 널 믿었는지는 몰랐네."

내가 이렇게 말하자 사오리는 노골적으로 기분 나쁜 티를 내며 눈살을 찌푸렸다.

"가르쳐주신 거 아니에요. 일부러는 아닌데 보고 외운 것뿐이에요."

"그래?"

"컴퓨터, 지하실에 있죠? 확인해도 돼요?"

"어, 상관없어."

나는 한 손에 잔을 들고 작업실로 안내했다. 지하실에 있는 두 방 중 하나가 아사미의 작업실이다.

사오리는 안절부절못하며 컴퓨터 앞에 뛰어들 듯이 앉아 전원을 켰다.

금방 밝아진 모니터는 비밀번호를 요구했다. 사으리가

자연스러운 손놀림으로 재빨리 입력하는 바람에 뭔지 전혀 알 수 없었다.

"사오리, 나중에…."

"적고 갈게요."

"어, 고마워."

사오리는 아사미의 블로그를 열어 자동으로 로그인이 되는지 확인했지만 벌써 로그아웃되어 있었다. 로그인 창을 열고 사오리 나름대로 예상한 아이디와 컴퓨터를 켤 때 입력한 비밀번호를 넣었지만 빗나갔다.

"안 되네요. 아이디는 메일 주소인 것 같은데 제가 알고 있는 주소와 컴퓨터 비밀번호로는 로그인이 안 돼요."

"아이디가 메일 주소면 비밀번호를 재설정할 수 있잖아."

"그래서 제가 알고 있는 메일 주소로 재설정하려 했는데 어디에도 메일이 안 와요. 어쩌면 아이디는 메일 주소가 아닐지도 몰라요. 비밀번호도 컴퓨터 비밀번호와 다를지 모르고요…."

"강제로 닫아버릴 수는 없나?"

"못 해요. 이 블로그는 선생님이 개인적으로 관리해서 따로 운영하는 회사가 있는 것도 아니거든요. 마사타카 씨는 아이디랑 비밀번호 뭐 짚이는 거 없어요?"

메일 주소가 아닌 다른 아이디 따위 전혀 짚이는 데가 없었다. 아사미가 비밀번호로 설정할 법한 숫자로 떠오르는 건 생일 정도지만 설마 그렇게 단순할 리가 없기에 고개를 저었다.

"그래요? 큰일이네요. 인터넷뱅킹 아이디랑 비밀번호 관리는 어떻게 하셨는지 몰라요?"

"인터넷뱅킹?"

"좀 전에 본 영상에서 선생님이 인터넷뱅킹으로 송금했다고 말씀하시길래 혹시 거기에 쓰는 아이디랑 비밀번호가 블로그랑 같거나 비슷할 가능성이 있지 않을까 해서요."

그러고 보니 돈을 쓰기 힘들 거라고 했다. 나는 결혼한 뒤 돈에 대해 신경을 쓴 적이 없다. 전부 아사미에게 맡긴 채 무언가를 사는 것도, 하는 것도, 어딘가에 가는 것도 신용카드 한 장으로 끝냈다.

아사미가 없어진 지금, 내가 갖고 있는 이 카드는 언제까지 쓸 수 있을까.

돈에 무관심했던 것을 처음으로 후회했다.

"인터넷뱅킹을 하는지도 몰랐어. 아이디랑 비밀번호를 어떻게 관리하는지 몰라."

사오리가 깊게 한숨을 쉬었다. 완전히 기막혀하는 표정

이다.

"모른다면 어쩔 수 없네요. 아, 벌써 인터넷에 기사가 떴어요."

사오리는 신경질을 내며 화면을 내렸다. 아사미가 최근에 사용하던 프로필 사진이 아니라 데뷔 당시 사진을 게재한 기사가 눈에 들어왔다.

툭 튀어나온 광대와 개성 강한 까만 곱슬머리는 지금과 다르지 않지만 어딘가 두려워하는 눈빛을 한 12년 전 아사미였다.

이때는 그래도 귀여운 구석이 있었다. 내 말을 진지하게 들어주는 모습이 정말 귀여웠는데 어느새 '대작가 선생님'이 됐다. 그 점이 나를 외롭게 했다.

"마사타카 씨, 지금 선생님 명의로 된 자산 중에서 뺄 수 있는 건 빼두는 게 좋을걸요?"

"응? 왜 그래야 하지?"

사오리는 또다시 깊게 한숨을 쉬었다. 이 아이도 요즘 변했다. 전에는 더 활기차고 사랑스러웠는데 요즘에는 살짝 뻔뻔함까지 느껴진다.

"이대로 선생님이 행방불명되면, 그렇게까지 생각하고 싶지 않지만 사망했을 때보다 상황이 더 복잡해져요."

"행방불명되면 사망했을 때보다 더 복잡해진다고?"

"사망했을 때는 상속만 받으면 자산을 옮길 수 있는데 행방불명이면 정식으로 위임받지 않는 한 못 건드려요. 게다가 세금과 보험료도 평소대로 내야 하고요."

"아…."

"특히 선생님은 소득세나 주민세가 꽤 나올 테니 제대로 정리 안 하면 압류될 가능성도 있어요."

"아…."

핏기가 가셨다. 분명 돈이 있는데 돈이 없다. 아사미가 어딘가에서 나를 보며 실실 웃고 있는 것 같았다.

"만약 행방불명되면 이혼도 쉽게 못 해요."

"아, 아사미랑 이혼하려 했는데…."

"왜요?"

"내 애를 임신했다며? 그래서 조만간 아사미한테 얘기하려 했지."

매우 중요한 일인 만큼 이혼은 신중하게 진행하고 싶었다. 한 번도 원한 적은 없지만 사오리가 아이를 가졌으니 책임져야 했다.

진지하게 말하는데 사오리가 풋 하고 웃었다.

"아, 그거 거짓말이에요."

"뭐?"

"임신 안 했어요."

"뭐? 진짜?"

"네."

"그럼 왜 거짓말했어? 너무한 거 아니야? 난 진지하게 고민했다고!"

사오리의 눈에는 거짓말을 했다는 죄책감이나 반성의 기미가 조금도 보이지 않았다.

"적당히 좀 해요. 관계를 끝내고 싶었어요. 그렇게 말하면 자연스럽게 마사타카 씨랑 멀어질 줄 알았다고요."

"허…. 난 너와 함께할 미래를 진지하게 생각했어. 그래서 작품도 열심히 썼는데. 너도 응원해 줬잖아!"

"미래라…. 미안해요. 죄송하지만 제 미래에 마사타카 씨는 없어요."

"왜?"

사오리는 뻔뻔하게 코웃음을 쳤다.

"진짜 모르겠어요? 전 처음부터 마사타카 씨한테 연애 감정을 느끼지 않았어요. 처음 섹스한 날 기억해요?"

"기억하지. 긴자에 있는 다이닝 바에서 같이 식사했잖아."

"그러니까 그런 부분이요."

"뭐?"

"아내의 새로운 담당 편집자가 거절하지 못하는 상황을 이용해서 저녁을 먹자고 하다니. 제정신이면 그렇게 못 하죠."

"거절을 못 해? 그럴 리가 없잖아. 그리고 너도…."

"네네. 그때 저도 뭐에 씌었나 봐요. 거절하려면 할 수 있었어요. 하지 않은 쪽은 저예요. 마음이 약해진 것도 있고 못된 마음도 있었어요. 그래도, 그렇다 해도 평생 미친 채로 살 수는 없죠."

사오리는 마치 내가 자신을 억지로 강간이라도 한 듯이 말했다.

피해망상도 정도껏 해야지. 그날 방을 잡아둔 건 성급하긴 했지만 그저 성인 남자로서 준비한 것에 지나지 않았다. 쉽게 따라온 사람은 다른 누구도 아닌 사오리였다.

저 여자가 낯설어졌다.

"맨정신이었으면 나랑 안 사귀었다는 말이네?"

"맨정신이냐 아니냐보다 선생님이 돌아가신 지금, 어찌 됐든 이 관계는 누구에게도 알리고 싶지 않아요."

"사오리! 아직 아사미가 죽은 것도 아니잖아!"

내가 이렇게 말하자 사오리는 소리 높여 울기 시작했다.

"선생님이 올리신 영상 제대로 보셨어요? 그게 무슨 말인지 몰라요?"

"같이 제대로 봤잖아! 아사미는 놀랍게도 엄마를 다단계인가 뭔가에 빠지게 해서 스스로 3,000만 엔이나 바쳤어. 뭘 하고 싶은 건지 모르겠어."

사오리는 계속 울고 있었다. 흥분한 상태로 끅끅거리며 이렇게 말했다.

"중요한 건 하나도 모르네요. 시어머니를 덫에 걸리게 만든 일을 고백하는 게 소설가인 선생님에게 어떤 의미인지 전혀 모르잖아요. 선생님은 자신의 직업윤리를 저버린 일에 대해 고백하신 거예요."

"직업윤리? 아사미한테 그런 대단한 게 있었는지 알 게 뭐야. 걔가 여기 지하실에서 무슨 짓을 했는지 알아?"

"사슴을 해부한 적이 있다는 이야기 정도는 알고 있어요. 선생님이 인터뷰에서 시체 해부 묘사에 참고했다고 직접 말씀하셨어요. 팬들 사이에서는 전설적인 이야기예요."

"내가 그 자리에 있었어! 도끼를 휘두르는 게 미친 사람 같았다고!"

"보기에는 좀 그래도 작품에 필요한 경험을 쌓는 일과 이번 일은 전혀 달라요. 선생님은 작품에서 쓸 트릭과 방법을 실제로 마사타카 씨 어머니에게 사용했어요. 이건 독자에 대한 배신이에요."

"무슨 말이야?"

"죽으면 더는 작품을 남길 수 없다. 그러니 진짜 한 일을 적은 거예요. 선생님이 한 행동과 마사타카 씨 어머니가 한 행동을 저울질해 봐도 비판과 비난의 대상은 선생님이 되고 그러면 명예도 실추돼요. 자칫하면 불매운동이 일어날 수도 있어요. 하지만…."

"불매운동이 일어나도 죽었다면 아사미는 관계없다는 말이군. 죽은 자는 말이 없는 게 아니라 귀가 없다 이건가."

"영상을 보고 나서 선생님이 정말로 돌아가셨다고 확신했어요. 소설가가 세상에 작품을 낼 수 없는 상황을 스스로 만들다니, 하물며 선생님이 그런 행동을 했다니, 아무리 생각해도 있을 수 없어요. 있을 수 없는 일이 일어났다는 말은 선생님이 이미…."

사오리는 또다시 울기 시작했다.

그런 건가. 그런 말인가. 아사미라면 사람을 놀라게 하려고 무슨 짓이든 했을 것 같다. 지하 작업실 옆방은 아사미의 실험실이기도 했다. 피범벅이 되어가면서도 사슴을 해부하고 도끼로 머리뼈를 가르던 그 모습은 잊으려 해도 도저히 잊을 수 없다.

지금도 여전히 그걸 보는 게 아니었다고 후회한다.

아사미는 성에 안 차는지 인맥을 이용해 인체 해부와 검시도 보러 갔다. 진짜 필요한 일이었는지, 본인의 호기심을 채우기 위해서였는지는 아직도 의문으로 남아 있다.

3D프린터로 어디까지 만들 수 있는지 실험하기 시작했을 때 보인 께름칙한 모습도 잊히지 않는다. 모형 총을 만들어 속을 들여다보던 아사미의 눈 안에 담긴 위태로움을 사오리는 보지 못했다.

사오리는 울면서도 컴퓨터 파일을 확인했다. 근처에 놓인 USB도 하나씩 꽂아보면서 아사미의 컴퓨터를 마치 자기 것처럼 사용했다. 아사미의 모든 것을 찾아내려는 듯했다.

"어! 있어요!"

"비밀번호를 알아냈어?"

"아니요. 블로그에 적혀 있던 신작 원고요."

"진짜야? 전에 쓴 작품 아니고? 정말 신작이야?"

이렇게 묻자 사오리가 나를 매섭게 노려봤다.

"전 선생님 작품을 다 읽었어요. 그래서 문장만 봐도 알아요. 선생님은 표기가 일정해서 몇몇 단어만 봐도 선생님 작품이라는 걸 알 수 있어요. 거기다 전 선생님 작품이라면 에세이 한 권까지도 제목을 기억하고 있어요. 이건 처음 보는 작품이에요."

나는 자신만만해하며 당당하게 말하는 사오리에게 짜증이 났다.

"지금 그 말, 모순 아닌가? 네가 그걸 발견했다는 건 아사미가 진짜로 신작 원고를 남겼다는 뜻인데. 넌 아사미가 소설가의 직업윤리를 거스르고 독자를 배반했으니 자기 글이 안 읽힐 걸 각오하고 자살했을 거라고 말했어. 그런데 아무도 읽지 않을 소설을 남긴다는 말은 앞뒤가 안 맞지 않아?"

정곡이 찔렸는지 사오리의 얼굴이 금방 빨개졌다.

"모르겠어요."

"그렇겠지."

"하지만 원고를 읽으면 알 수도 있어요. 적어도 저는 선생님이 무슨 생각이었는지 알고 싶거든요."

"그 말은 마치 난 아사미에 대해 알려고 하지 않는다는 것처럼 들리네."

"아니에요? 전 그렇게 보이던데요. 선생님이 수상하러 간 곳에 마사타카 씨가 있으면 뒤숭숭했어요."

"뒤숭숭하다니 그게 무슨 말이야?"

"마사타카 씨는 매번 떨떠름해하는 것처럼 보였거든요.

선생님의 수상을 단 한 번도 축하해 준 적이 없는 것 같은 게 과연 제 기분 탓일까요?"

피가 솟구쳤다. 축하하지 않은 게 아니다. 다만 아사미가 성공할 때마다 초조함이 등줄기를 타고 올라오는 듯한 감각이 느껴졌다. 언젠가 멋진 작품을 쓰겠다는 목표가 점점 높아지고 멀어져 가는 듯했다.

아사미가 쓴 데뷔작은 아이디어는 독특했을지 몰라도 덜 다듬어지고 문장이 풋내기 수준에 불과해서 겨우 소설이라고 불러줄 만한 정도였다. 아마도 그때 제출한 응모작들 수준이 낮았을 테고 스무 살 여대생이 쓴 글이라는 점에서 높은 점수를 받았겠지.

말하자면 운이 좋았다. 그뿐이었다.

아사미의 데뷔작을 처음 읽은 사람은 다른 누구도 아닌 나였다. 나는 좀 더 글을 써보고 신인상에 응모하는 게 좋겠다고 조언했다. 우리가 만난 지 얼마 되지 않았을 때였다. 아사미는 내 의견을 존중해 주었다.

내 의견을 무시하고 아사미의 작품을 멋대로 신인상에 응모한 사람은 우리가 속해 있던 창작 동아리의 회장이었다. 그 자식은 동아리 소속이기만 할 뿐 스스로 창작하지는 않으면서 동아리 애들이 쓴 작품을 읽고 조언하기를 즐기는 타입의 인간이었다.

그는 다른 사람이 고생해서 쓴 작품에 이렇다 저렇다 말 얹기를 좋아했다. 독서 블로거로 주목받는 데 만족하는 유형이었다.

그런데 그 회장이 아사미의 원고를 읽고선 신인상 모집 요강에 따라 줄거리를 보완하고 글자 수를 맞추는 등 다듬어 제출했다. 본인 딴엔 호의였다고 하겠지.

"멋대로 보내서 미안한데 이대로 두기엔 너무 아까웠어. 아사미, 축하해. 우리 동아리에서 처음으로 소설가가 나왔네. 이보다 더 좋은 일은 없을 거야!"

그 남자는 아사미를 발굴했다는 에피소드를 살려 가장 원하던 출판사에 입사했다. 어디 출판사였는지는 기억나지 않지만 지금도 거기서 일하지 않을까? 아주 잠깐 아사미를 담당했으나 어느샌가 빠져 있었다.

개인적으로는 자기 마음대로 다른 사람의 원고를 응모한 오만하고 배려 없는 인간과 엮이고 싶지 않았기에 그가 아사미의 담당이 아니게 된 것에 마음이 놓였다.

게다가 그 남자는 아사미에게 딴마음이 있어 보여서 신경이 쓰였다. 아사미는 어딘가 어두운 분위기를 가진 이상한 아이였지만 동아리 여자 중에서는 미인에 속했다.

사오리 때문에 떠올리기 싫은 기억까지 생각났다. 사오리는 아직도 무언가를 찾고 있다. 이런 것도 일종의 도굴 아닌가?

"사오리, 그 정도면 많이 봤잖아."

"안 돼요. 시리즈 플롯이 아직 안 보여요!"

임신이 아니라고 하니 울고 화내고 성질부리는 것이 그 때문은 아니겠지. 오늘 사오리의 기분은 롤러코스터 같다. 지금 상황이 어지간히 충격이겠지. 진정되면 내게 사과할 것이다. 우리 관계를 다시 생각할 것이다.

"선생님이 쓴 플롯 본 적 없어요? 언제 쓰셨는지만 알면 아직…."

"아사미가 하는 작업에 일체 관여 안 한다는 건 네가 제일 잘 알잖아. 난 몰라. 그리고 내가 아는 한 아사미가 여기 온 건 한 달도 더 전이었으니까 신작 원고가 나온 것 자체가 충격이지."

사오리는 인상을 썼지만 내가 한 말을 이해한 듯했다.

"도쿄 아파트에 선생님이 맨날 쓰시던 노트북은 있어요?"

"몰라. 돌아가면 확인할게."

"지금 바로 갈 거죠?"

"내일 돌아갈 거야."

"뭐가 이리 느긋해…. 지금 바로 돌아가서 경찰에 실종 신고해야죠."

나는 거의 물이 된 잔을 기울였다. 모처럼 마신 야마자키 18년산이 엉망진창이 됐다.

"이 상태로는 차를 못 몰지. 네가 운전해 주면 되지만 아마 못 했던 걸로 아는데, 아닌가?"

"면허가 없긴 한데…. 저랑 같이 버스나 급행 타고 안 갈래요? 차는 여기 다시 왔을 때 가지고 가면 되잖아요."

"만약 진짜로 아사미가 행방불명이거나 죽었다면 이곳에 오기는 어렵겠지. 실종 신고는 엄마한테 부탁해 볼게. 엄마도 아사미를 걱정하시는 것 같으니."

사오리는 어떻게든 오늘 안에 도쿄로 돌아가자고 설득하고 싶은 모양이다. 하지만 난 그러고 싶지 않았다. 그래서 일부러 사오리가 화낼 만한 말을 내뱉었다.

"네가 제일 신경 쓰는 건 아사미가 아니라 아사미가 쓴 인기 시리즈의 플롯이잖아? 만에 하나 내가 찾아내면 너에게 주겠다고 약속할게."

"플롯이 제일 중요한 게 아니에요!"

"과연 그럴까?"

"그런 식으로 의심하다니 최악이네요."

"근데, 플롯이 다른 편집자 손에 넘어가면 네가 곤란하지 않을까?"

"그건…."

"신작 원고도, 난 가져가도 된다고 한마디도 한 적이 없는데, 알고는 있나?"

"설마…."

사오리가 나를 노려봤다. 달래거나 비위를 맞출 때만 유용한 여자라는 사실을 완전히 잊은 표정이다.

"농담이야. 우리 사이에 무슨. 원고는 가져가. 네 말대로라면 그게 출판될지 알 수 없지만 너한테는 필요하잖아?"

"…감사합니다."

사오리는 정말 마지못한 듯 내게 머리를 숙였다.

"읽을래요?"

"그거? 아니, 됐어."

"그래요."

사오리는 신체 일부처럼 항상 들고 다니는 캐러멜색 가죽 서류 가방에서 USB를 꺼내 컴퓨터에 꽂았다.

"신작 원고만 가져가지?"

"그럴게요."

다른 자료는 가져가지 않는 걸 확인하고서 책상 근처에

있던 메모지에 컴퓨터 비밀번호를 받았다.

당장 도쿄로 가자고 설득하기를 멈춘 사오리는 편집부에 메일을 한 통 보내고 나서야 겨우 돌아갈 마음이 생긴 것 같았다. 지하실을 나와 거실 통창을 바라보니 날이 꽤 저물었다. 오늘 안에 도쿄로 돌아가려면 지금 바로 출발해야 했다.

"도쿄에 가면 바로 연락 주실래요? 선생님이 항상 쓰시던 노트북이 도쿄 아파트에 있는지 확인하고 싶어서요."

현관까지 배웅하자 사오리가 말했다.

"알았어. 아사미가 작정하고 사라졌다면 노트북을 어떻게 했을지도 모르지만."

"마사타카 씨는 선생님이랑 왜 결혼하셨어요?"

"그러게. 딱 적당한 시기에 함께 있던 사람이라서가 아닐까."

"선생님을 처음부터 사랑하지는 않았네요?"

"지금 그런 얘기 나누고 싶지 않아."

"불쌍해…."

"뭐?"

"아니요. 아무것도 아니에요."

드디어 사오리가 사라졌다.

글라스 안에서 녹아버린 내용물을 싱크대에 버리고 이번에는 얼음 없이 위스키를 부어 한 번에 들이켰다. 목구멍이 타는 듯한 감각이 느껴지자 어지럽던 머리가 잠잠해지면서 냉정함이 돌아왔다.

해야 할 일이 산더미다.

냉정을 되찾았지만 당장 엄마에게 전화해야 한다는 생각에 금방 기운이 빠졌다.

세 번 심호흡한 뒤 엄마에게 전화를 걸었다.

이때 나는 사오리가 들고 간 원고가 얼마나 큰 파장을 일으킬지 조금도 예상하지 못했다.

하얀 새장 속 다섯 마리 새들

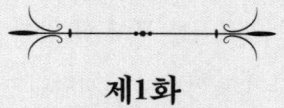

제1화

 봄이라기엔 차가운 바람이 내 볼을 찌른다. 매서운 추위에 살며시 볼을 만지니 언제부터인지 볼에 붙어 있던 벚꽃잎 하나가 살랑살랑 하늘하늘 새 로퍼 위로 떨어졌다. 비록 합성이라 해도 가죽 신발은 이날이 처음이었다. 이제 곧 목적지에 도착하는데 운동화와는 다른 착화감과 지면에 닿는 감각이 아직 익숙지 않았다. 나는 허리를 굽혀 꽃잎을 줍고 새로 입은 회색 교복 주머니에 넣었다. 생각지도 못한 벚꽃의 축복에 기운이 났다. 어디서 날아왔을까? 일어서서 얼굴을 드니 히메가미죠가쿠엔 고등학교 교문 안에 벚나무 한 그루가 보인다. 벚나무는 그것뿐이었기에 자연스럽게 '아,

저기서 날아왔구나' 하고 생각했다. 교문을 들어서니 등이 더 꼿꼿해진다. 입학시험 때 와봐서 처음도 아닌데 유리로 동그랗게 둘러싸인 로비가 보이자 입안이 바싹바싹 말라왔다. 로비는 현에서도 유명한 건축사가 지었다고 한다. 안으로 들어가니 L자 형태의 학교 건물이 병풍처럼 자리 잡고 있었다. 외관이 심플한 덕분에 로비가 있는 건물은 더욱 강렬한 인상을 주었다. 학교 건물이 너무 예뻐서 살짝 주눅이 들었다.

히메가미죠가쿠엔 고등학교는 올해 창립 100주년을 맞은 유서 깊은 학교다. 지역에서 평판이 좋고 졸업생의 활약 또한 두드러진다. 내가 이 학교를 선택한 가장 큰 이유였다.

주변에 같은 색 리본 타이를 한 학생들을 흘낏 보니 모두 부모님이나 아버지 혹은 어머니 한 명과 함께였다. 리본 타이 색깔은 학년마다 빨강, 파랑, 초록 세 가지 색을 사용하는데 올해 신입생은 파란색이다. 교복을 사러 갔을 때 빨간색이 좋다며 어린애처럼 토라져서 응석을 부리던 아이는 오늘도 엄마랑 왔으려나. 그렇게 생각하니 바싹 말랐던 입안이 씁쓸해졌다.

오늘은 H시에 있는 대부분의 고등학교에서 입학식이 열려 아동보호시설 '도카엔'에 계신 선생님 중 나와 함께 올 사람이 없었다. 머리로는 현실을 받아들였지만 혼자서 교문에 들어서야 하는 불안감은 어찌할 수가 없었다.

불안하다.

이 단어를 처음 알게 된 건 언제였을까? 살면서 이 말이 마음을 쿡쿡 찌를 때가 몇 번이나 있었다. 앞으로도 몇 번이고 더 있겠지. 열다섯에 인생을 논하면 어른들은 허풍을 떤다고 한다.

그러나 아이들의 세계는 어른들이 상상하는 것보다 훨씬 잔혹하다. 아이는 자신이 당연히 가지고 있는 카드를 가지지 않은 아이가 있으면 절대로 봐주지 않는다.

키워주시는 부모님이 있다.

이 카드를 가지지 않은 탓에 나는 공격받거나 말도 안 되는 의심을 받거나 동정받았다. 공격과 의심은 괜찮았다. 공격은 피하거나 반격하면 되고 의심은 받지 않도록 주의하거나 거두게 하면 됐다. 두 가지는 손이 가더라도 확실한 해결책이 있었다.

하지만 동정은 가장 다루기가 어려웠다.

동정은 상대에게 악의가 없다. 악의가 없어서 나를 더 비참하게 만들었다.

지금까지 내게는 친구라고 부를 만한 사람이 없었다. '도카엔에 사는 아이'라는 이유도 있었지만 내가 아버지에게 죽을 뻔한 아이였기 때문이다.

기억이 있을 때부터 내 집은 도카엔이었다. 내가 알고 있는 사실은 어머니가 나를 낳고 바로 돌아가셨다는 것과 아버지가 나를 기를 수 없었다는 것뿐이었다.

내가 아버지에게 죽을 뻔했다는 이야기는 초등학교 3학년 종례 시간에 알게 되었다. 당시 담임 선생님은 젊고 의욕 넘치는 다정한 여자였다. 종례 시간에는 선생님이 신문에서 읽은 기사의 감상을 들려주는 상투적인 의식 같은 것이 있었다. 사실 저학년 아이들에게는 재미없는 이야기가 많아서 지겨운 시간이었지만 그날은 달랐다. 오후의 눅눅한 교실에서 양손 사이로 작게 하품하고 있을 때였다.

"오늘 여러분과 나이가 똑같은 3학년 남자아이가 죽었어요. 아버지에게 살해당했다고 합니다. 정말 슬픈 이야기예요. 그렇지, 아사미."

담임 선생님이 그렇게 말한 순간 반에 있던 모든 아이의 머리가 일제히 움직이더니 시선이 나라는 점에 몰렸다. 모두 눈이 동그래졌고 잠이 순식간에 달아났다. 담임이 무엇을 말하고 싶은지 몰랐던 나는 분명 멍한 표정을 지었을 것이다. 나는 나와 살해당한 남자아이에게 공통점이 있다는 사실을 몰랐다. 담임이 천천히 내 쪽으로 다가왔다. 앉아 있는 나의 등과 어깨를 쓰다듬고는 이어서 말했다.

"오늘 살해당한 3학년 아이도 좀 더 빨리 알려졌다면 목숨을 건졌을 거예요. 아사미처럼 실제로 살아남은 아이도 있으니까요. 목숨은 소중해요. 여러분, 조금이라도 이상한 점이 있다면 바로 선생님에게 말해야 해요."

담임의 몸에서 풍겨 오는 섬유 유연제 향에 속이 울렁거렸다. 손을 뿌리치고 싶었지만 담임이 먼저 떼버리는 바람에 내가 거절할 틈은 없었다. 이를 꽉 깨물고 울음이 터져 나오려는 것을 필사적으로 참았다.

'아버지가 나를 죽이려 했다'는 갑작스러운 사실은 초등학교 3학년인 내가 받아들이기에는 아주 버거운 일이었다. 다른 아이들이 외치는 "네~"라는 활기찬 목소리에 마음이 시큰했다. 나도 그쪽에 있고 싶었다. 담임은 몰랐다. 자신이 알고 있을 정도니 어리다고는 해도 당사자인 내가 당연히 알고 있을 거라 생각했겠지. 하지만 나는 그때까지 진실을 몰랐다가 그날 처음으로 내가 아버지에게 죽임을 당할 뻔한 사람이라는 사실을 알았다.

그날 도카엔에 돌아가 선생님에게 물어보았다. 선생님은 내가 무서운 기억을 떠올린 줄 알고 걱정해 주셨다. 담임

이야기는 꺼내지 않고 기억이 조금 떠올랐다고 말해 들은 바에 따르면, 내가 세 살일 때 아버지가 3층 베란다에서 나를 떨어뜨리려고 했다. 목숨을 건질 수 있었던 이유는 같은 건물에 혼자 살던 할머니가 항상 내 울음소리를 신경 쓰고 있었기 때문이다. 아무래도 아버지가 그전부터 나를 심하게 학대했고, 내 울음소리가 밤마다 다세대주택 곳곳에 울려 퍼진 모양이었다. 이날도 내 울음소리가 신경 쓰였던 할머니가 베란다에서 곧 떨어질 듯한 나를 발견했고 서둘러 아버지를 불러 세운 뒤 신고했다고 한다.

나는 사람의 호의로 목숨을 건졌다. 담임 선생님은 그 일로 나를 동정했다. 그리고 내가 죽다 살아난 사람이라는 사실을 어떻게든 말하고 싶어서 견딜 수 없어 했다. 담임이 보인 동정 속에는 내게 친절하게 대할 것을 반 학생들에게 당부하는 마음도 있었겠지만, 그 동정은 모든 아이 앞에서 모리바야시 아사미는 '불쌍한 아이'라는 꼬리표를 붙이는 작업밖에 되지 않았다.

'불쌍한 아이'는 친절하게 대해야 하는 존재였지 친구가 되고 싶은 존재는 아니었다. 나는 교실에서 항상 외로이 동떨어져 있으면서도 대놓고 무리 밖으로 내쳐지지 않았기에 화를 내거나 슬퍼하지도 못했다.

도카엔 안에서의 친구 관계는 어땠냐고 묻는다면, 기억이 없을 때부터 여기서 자란 나 같은 아이보다도 가정에 문제가 있어 오게 된 아이가 많았고, 그 아이들은 자기 일만으로도 힘겨워했다. 선생님을 괴롭히거나 다른 아이의 물건을 숨기고 부수는 아이도 있었고, 폭력을 행사하는 아이도 있었다. 물론 서로 친구가 되는 아이들도 있었지만 격하게 싸우는 모습도 눈앞에서 보았다.

물론 내가 먼저 손을 내밀었다면 달라졌을 것이다. 하지만 내게는 먼저 손을 내밀 다정함이 없었다.

유리로 둘러싸인 로비에 다가갔다가 비친 내 얼굴을 보고 움찔했다. 나는 마치 전장에라도 나가는 듯 험상궂은 표정을 하고 있었다. 긴장한 탓일지도 모른다. 꾹 다물고 있던 입술을 약간 풀어봤다.

나는 3년간 아무 일 없이 무사히 졸업할 수 있을지와 졸업한 뒤 도카엔을 퇴소해야 한다는 현실을 걱정하고 있었다. 적어도 고등학교 졸업이란 카드만은 손에 넣고 싶었다. 하지만 고등학교를 졸업하면 진짜로 혼자 살아가야 한다. 그 딜레마가 또다시 나를 불안하게 했다.

어디를 어떻게 가야 이 불안함이 없어질지 전혀 알지 못했다. 일단 내가 할 수 있는 일은 고등학교만은 무사히 졸업하자는 목표를 누구에게도 방해받지 않도록 도카엔에서는 한 명도 간 적 없는 히메가미죠가쿠엔 고등학교의 특기생 전형을 노리는 것뿐이었다. 이곳은 근방에 있는 학교 중에서도 자퇴생이 적은 편이었다.

로비 옆 게시판에 붙여진 반 배정표에서 내 이름을 발견하고 반마다 줄을 서도록 안내된 곳에서 내가 배정받은 반의 줄을 찾았다. 일찍 왔지만 나처럼 다른 신입생들도 빨리 와서 줄이 길었다. 맨 끝에 서서 앞의 상황을 살폈다. 역시 혼자 온 학생은 없었다. 필사적으로 두리번거리지 않으려 노력했다. 조금이라도 다른 아이들과 다르게 여겨지기 싫었다. 땀에 흠뻑 젖은 손을 손수건으로 닦으려고 주머니를 뒤적거리는데 조금 전에 주웠던 벚꽃 잎이 사르르 떨어졌다. 서둘러 주우려고 돌아본 순간 뒤에 있던 아이와 눈이 마주쳤다.

"저기, 혹시, 너도야?"

"어?"

하늘거리는 소리가 들려올 것처럼 긴 갈색 머리를 한 예쁜 아이가 이쪽을 보며 미소 짓고 있었다. 팔다리가 길어서일까, 같은 교복인데도 나보다 더 세련된 분위기를 풍겼다.

"나도 오늘 부모님이 안 오셨어. 우리 집은 한 부모 가정이고, 이 학교는 아니지만 고등학교 선생님이시거든. 너도 그런 거야?"

뒤를 보니 진짜로 혼자 온 듯했다. 맞네, H시에 있는 고등학교 선생님은 다른 고등학교 입학식에는 못 가겠네. 대부분의 고등학교가 오늘 입학식을 하니까. 착각을 부정할 용기가 없어 어정쩡하게 미소 짓자 그 아이는 밝은 표정으로 활짝 웃었다.

"같은 줄에 섰다는 건 같은 반이라는 말이네? 난 사사키 에미. 반가워!"

"아…. 모리바야시 아사미야."

"근데, 원래 곱슬이야?"

"응? 뭐?"

"머리카락!"

내 머리카락은 새까맣고 단단한 데다 굵고 곱슬곱슬하다. 자주 끊겨서 긴 상태로는 오래가지 못하는, 턱 아래 정도 오는 길이의 어중간한 보브컷이었다. 머리카락은 나의 큰 콤플렉스였다.

"응, 맞아. 태어났을 때부터 이랬던 것 같아."

"그렇구나. 너무 귀엽다."

"뭐?"

내 머리가 귀여워? 그렇게 생각한 적이 없어 놀란 나는 이때 에미에게 멋지게 대답하지 못했다. 네 머리가 훨씬 예쁘다고.

줄이 조금씩 앞으로 나아갔다. 우리는 순서가 올 때까지 떠들었다. 이상하게 긴장이 풀렸다.

"너 핸드폰 있어?"

"아니, 아직 없는데 곧 살 예정이야."

"그렇구나. 사면 알려줘!"

곧 살 예정이라는 말은 거짓이었다. 친구가 없던 나는 핸드폰을 갖고 싶다고 생각한 적이 단 한 번도 없었다. 그런데 에미가 가지고 있냐고 물은 순간 갖고 싶어졌다. 도카엔에는 핸드폰을 사용하는 고등학생도 있으니 선생님에게 잘 말씀드리면 어떻게든 될 것 같았다.

입학식이 끝나고 도카엔에 돌아간 뒤에도 내 머리카락을 보고 귀엽다고 한 에미의 말이 마음속 깊은 곳에서 반짝반짝 빛났다.

내가 살인 혐의를 받게 된 '하얀 새장 사건'은 그로부터 2년이 지난 어느 여름날 일어났다.

2009년 7월 30일이었다.

이케가미 사오리

2

마사타카는 정말 최악이었다.

솔직히 말해 블로그가 아니었다면 마사타카가 선생님을 죽이지 않았나 의심될 정도로 선생님에게 조금의 애정도 보이지 않았다.

하지만 내가 아는 한 마사타카는 선생님을 죽일 이유가 없다. 선생님이 죽어서 가장 이득을 볼 사람이 마사타카는 아니기 때문이다.

"호수에 별장을 지을 때 저금한 돈을 다 붓고 대출도 많이 받았어. 열심히 일해야 해."

1년 전 별장이 다 지어졌을 때 선생님은 이렇게 말했다.

출판 시장이 불황인 시대에 너무 위험한 듯해 그만두길 바랐지만 선생님은 별장에 꽤 강한 집착을 보였다.

작품에 반영하기 위해서겠지. 선생님은 건축사나 업계 관계자들도 거의 취재하듯 대했다.

모든 것을 거름으로 만들어 소설을 쓰는 사람이라고 생각했다.

적금을 모두 털어낸 선생님에게 지금 당장 쓸 수 있는 현금은 아마 없을 것이다. 선생님이 죽으면 재산은 마사타카가 가져가겠지. 하지만 살아 있는 선생님에게 조금씩 뜯어가면 더 쉽고 넉넉하게 가져갈 수 있다. 게다가 귀찮은 일에는 손 하나 까딱하지 않고 살아갈 수 있으니 내가 마사타카라면 그편을 택할 것이다. 실제로 앞으로 곤란해질 상황이 눈에 빤히 보였다. 숙주가 죽으면 기생충도 죽는 법이니까. 마사타카가 처음부터 선생님에게 애정이 없었다면 선생님은 대체 왜 마사타카와 결혼했을까? 선생님은 마사타카를 대학교 창작 동아리에서 만났다고 했다. 그때를 기점으로 조금씩 알아봐야겠다.

나는 편집부 책상에서 선생님의 블로그 댓글 창을 확인했다. 역시나 과열되어 있었다.

처음 병을 알리고 자살을 암시한 글에는 1,000건에 가까운 댓글이 겹겹이 쌓여 있었다.

　─선생님 시체를 찾겠어!

　─안 돼! 선생님! 그러지 마요! 시체를 찾아달라니요!

　─신종 마케팅인가?

　─선생님이 그런 마케팅을 할 리가 없지! 안티는 좀 꺼져라!

　─선생님 작품 좋아하는데, 아무리 그래도 이건 너무했다

　─죽은 척하느라 고생이 많네

　팬과 안티팬의 격렬한 논쟁 속에서 구경꾼들은 같은 말만 뱅글뱅글 돌아가며 썼고, 그 원형이 점점 커지듯 댓글은 끊임없이 늘어났다.

　도시 전설과 미스터리를 다루는 유튜버들은 너 나 할 것 없이 이렇다 저렇다 말을 얹는 동영상을 올렸고, 그 영상들도 계속해서 이곳저곳으로 옮겨갔다.

　선생님은 자신이 직접 짓거나 블로그에 올린 글을 낭독할 때 문장을 바꾸지만 않으면 무료로 쓰게 해줬다. 블로그에 있는 자기 사진이나 영상은 악질 수준이 아니라면 허가 없이 변형해서 사용해도 된다고 공지했다.

　나는 그런 공지는 안 하는 편이 좋겠다고 생각했지만 선생님 책 중에는 유튜버나 낭독 전문 계정, 독서 블로거의 활

약으로 화제가 된 작품도 있었기에 아무 말도 할 수 없었다.

그것이 지금 이런 식으로 역효과를 내고야 말았다.

마사타카의 엄마에게 보낸 편지가 올라온 뒤에는 더 이상 손 쓸 수 없을 정도로 난리가 났다.

―그래도 가족인데 다단계는 심했다

―이런 고해성사 같은 고백은 듣고 싶지 않은데

―시어머니도 너무하네. 남편은 뭐 했대?

이런 내용이 몇 번씩 반복되었고 댓글 수는 지금도 늘어나고 있다.

선생님이 올린 동영상도 다양하게 변형되었다. 빨리 감기로 처리되거나 오해하기 쉽게 편집된 영상이 점점 퍼졌다.

선생님이 이런 상황을 예상 못 했을 리가 없다.

이런 혼란을 노렸다고 볼 수밖에 없다.

댓글 창에는 개수 제한이 걸려 있다. 최대 100건까지다. 이건 블로그를 개설할 때 선생님과 함께 결정한 사항이었다. 그렇게 하자고 말한 사람은 나였다.

"100개밖에 못 쓴다고 생각할 수 있지만, 반대로 100개 정도는 빨리 채울지도 몰라요."

"맞는 말이네. 좋아."

그렇게 정했다. 그리고 댓글도 본인 확인을 마친 계정

만 쓸 수 있게 했다. 소설가에게 홈페이지나 블로그는 어디까지나 소설을 팔기 위해 광고하는 공간이자 집필에서 잠시 벗어나 쉬는 공간에 불과하다. 블로그에서 밑도 끝도 없이 알고 싶지 않은 날카로운 비평이나 듣고 싶지 않은 신랄한 비난을 받아버리면 사생활이나 작품에 영향이 가서 일에 집중할 수가 없게 된다.

그래서 제한을 걸어놨는데 그게 모두 풀려 있다.

그때 한 가지 의혹이 떠올랐다.

'선생님은 화제가 되기를 원했나?'

댓글 창을 무제한으로 변경했으니 충분히 그렇게 생각할 만하지 않을까. 도대체 선생님은 어떻게 하고 싶은 걸까?

"사오리!"

블로그를 보며 생각에 잠겨 있는데 가미나가 편집장이 불렀다. 편집장은 머리가 아픈지 트레이드마크인 검은 테 안경을 벗은 채 관자놀이를 누르고 있었다. 이미 안 좋은 일이 일어났는데 아직 뭐가 더 남았나?

"사오리, 이 책 출간 못 할 것 같아."

편집장은 인쇄된 원고를 내게 들이밀고서 안경을 다시 낀 뒤 말했다.

별장에서 바로 편집부로 돌아와 선생님이 쓴 원고를 보

여드렸다. 나는 문의 전화에 대응하고 메일에 답장하느라 아직 한 줄도 읽지 못했다.

"지금은 출간하기 어렵다는 말씀이죠? 그건 저도 알고 있어요."

"그 말이 아니야. 소설이 아닐 수도 있어."

"네? 그럼 논픽션이에요?"

"좀 더 조사해 봐야 알겠지만…. 혹시 14년 전에 일어난 '하얀 새장 사건' 알아?"

"하얀 새장 사건…. 기억나요! 당시 제가 중학생이어서 더 생생하게 기억하고 있어요. 친하게 지내던 여고생 다섯 명이 집단 자살한 사건이었죠?"

"자세히 기억나?"

"여름방학 때 여학생 다섯 명이 교실에서 독을 마시고 죽은 사건으로 기억해요."

"집단 자살에서 살아남은 학생이 있었던 건 기억 안 나고?"

"나는 것도 같아요. 그래서 집단 자살이 아니라 그 애가 다 죽였다는 의혹도 있지 않았나요?"

"맞아. 한 주간지에서 단독 기사를 내면서 의혹을 부추겼어. 특히 사망한 학생 중 한 명의 아버지가 그 아이가 살인범이라고 했거든. 그런데 증거 불충분으로 죄를 묻진 않았어."

"선생님이 그 사건을 글로 썼다는 말씀이세요? 왜죠? 그 사건에 관한 논픽션은 사건 이후 몇 권인가 나와서 새로운 내용이 없을 텐데 왜 마지막 소재로 골랐을까요?"

"나도 아직 1화만 읽었는데, 아사미 작가가 하얀 새장 사건을 소재로 고른 이유는 확실히 알겠어."

"네? 이유가 뭔가요?"

"아사미 작가가… 그 사건 때 살아남은 학생이었어."

"설마!"

"나도 설마설마했어. 그런데 원고를 읽으면 그렇게 생각할 수밖에 없어. 일단 진실을 알고 싶어서 예전에 이 사건에 관한 글을 쓴 작가한테 연락해 놓은 상태야."

하얀 새장 사건이 세상을 뒤집었던 순간을 기억한다. 친하게 지내던 다섯 명이 교실에서 둥그렇게 앉아 한 사람씩 독을 마셨다.

당시 사춘기 중학생이던 나는 그 뉴스가 어쩐지 로맨틱하게 느껴졌다. 함께 죽을 정도의 우정과 어린 나이에 죽음을 선택할 만큼 힘든 절망은 어떤 것일까 생각하며 그들의 마음을 상상해 봤다.

그때 살아남은 사람이 선생님이었다.

이런 일이 있을 수 있을까.

"우선 저도 읽어볼게요."

"사오리, 블로그를 막을 방법은 없을까?"

"이것저것 해봤는데 전부 안 돼요."

"그렇군. 큰일인데."

편집장이 머리를 감싼 바로 그 순간이었다. 핸드폰 알림이 울렸다. 불길한 징조를 느끼며 화면을 켰고 예감은 적중했다.

"편집장님, 큰일 났어요."

"왜? 무슨 일인데?"

"선생님 블로그에 또 글이 올라왔어요."

"뭐? 무슨 내용인데?"

"편집장님이 읽으신 《하얀 새장 속 다섯 마리 새들》 제1화가 올라왔어요."

편집장은 다리에 힘이 풀린 듯 의자에서 스르륵 흘러 내려갔다.

"속수무책이네. 이렇게 되면 우리는 작가의 손안에서 놀아날 수밖에 없어."

"무슨 말씀이세요?"

"아사미 작가가 진짜로 죽었다면 대단한 사자死者야. 죽은 자는 말이 없다는 걸 반대로 하고 있어. 죽은 자도 말을 한다는 건가. 죽었으니까 무엇이든 말할 수 있다는 거지. 아사미 작가는 자신에 관한 부정적인 부분이나 감추고 싶었던 것들, 누군가의 비밀, 본인의 비밀까지도 죽으면 다 상관없다고 생각하지 않았을까? 가만히 죽을 생각이 없으니까 이렇게 시간차로 블로그에 올라가도록 준비한 거야. 한 번에 다 폭로하면 화제가 안 되니까. 논란을 일으키고 조금씩 조금씩… 마치 페이지를 넘겨주는 것 같잖아."

"그럴 수가…."

"우리는 지금 아사미 작가가 쓴 소설 세계에 휘말렸어. 등장인물 중 한 명이 됐을지도 모르지."

편집장은 크게 한숨을 쉬었다.

"팔릴지 안 팔릴지 따지지도 않고 오로지 세상을 떠들썩하게 만들 목적으로 자기 목숨을 걸고 쓴 글. 이걸 독자가 어떻게 생각할까…. 사오리는 아사미 작가한테 폭로당할 짓 안 했지?"

뜨끔했다.

폭로당할 짓만 했다.

나와 마사타카의 관계는 꽤 오래전에 들켰다.

5월 초, 3개월 전에 평소처럼 선생님 집에 회의하러 갔을 때였다. 회의가 마무리되고 돌아가려는데 선생님이 아주 차갑게 말했다.

"사오리 씨, 남편이 자주 가는 가게 중에는 내가 자주 가는 곳도 있어. 가능하면 사오리 씨가 자주 가는 가게로 유도해 주면 안 될까?"

등골이 서늘해지고 온몸이 굳었다.

선생님은 아무 말 없이 나와 마사타카의 대화를 도청한 녹음 파일을 재생했다.

수치심에 온몸이 뜨거워졌다.

언제부터 알았지?

꼼짝 못 할 증거에 나는 앞뒤 가리지 않고 그 자리에서 무릎을 꿇은 채 머리를 숙였다.

살면서 무릎을 꿇은 적은 한 번도 없었지만 주저하지 않았다.

"진짜 죄송해요. 저도 어쩌다 이렇게 됐는지 모르겠어요. 다시는 만나지 않을게요. 선생님 담당에서 잘려도 괜찮아요. 뭐라도 할게요. 용서해 주세요."

몸이 달달 떨렸다. 이렇게 우스울 정도로 떤 것은 어릴 때 추운 날씨에도 불구하고 진행된 수영 수업 이후 처음이었고 마음은 공포로 가득했다.

그러나 선생님이 보인 반응은 내 예상을 완전히 벗어났다.

"어머, 안 그래도 돼. 난 그럴 생각 없어. 딱히 사오리 씨한테 뭐라 하려던 건 아니고, 아는 사람 중에 호사가가 있는데 굳이 나한테 말해주더라고. 그게 좀 그렇잖아. 소문이 퍼져서 좋을 것도 없고. 사오리 씨도 힘들어지지 않겠어? 불륜을 때려잡는다는 말이 좀 지나칠 수는 있어도 요즘은 그런 분위기니까."

"헤어질게요! 마사타카 씨에게 아무 감정도 없어요!"

선생님은 고개를 기울여 내 얼굴을 가만히 보더니 잠시 뒤 소리 내어 웃었다.

화를 낼 거라 생각했는데 뜻밖의 반응을 보이자 왠지 힘이 빠졌다.

"아무런 감정도 없어?"

"네."

"왜? 위험하지만 투자할 만한 상대 아냐?"

"그건…."

선생님과 가까워지지 못해 초조해져서 한 일이라고는 차마 말할 수 없었다. 어떻게 말하면 그럴싸할지 생각했지만 진실이 너무나 강력해서 어떠한 변명도 떠오르지 않았다. 차라리 마사타카를 사랑했다고 하면 그럴듯할지도 모르나 거짓말이라도 그렇게 말하고 싶지는 않았고, 무엇보다 그렇게 말하면 선생님이 냉정함을 잃을 것 같았다.

같은 말만 거듭해서 생각날 뿐 어떤 것도 입 밖으로 나오지 않았다.

내가 난감해하는 모습이 어지간히 재미있었는지 선생님은 다시 웃었다.

"됐어. 아무런 감정도 없다면 내가 추궁해도 어쩔 수 없지. 대신에 사오리 씨가 해줬으면 하는 게 있어."

"네?"

"아까 뭐라도 할 테니 용서해 달라고 말하지 않았나?"

"네? 아, 네. 그랬어요."

"그래. 그렇다면… 바로 부탁할 게 있는데."

"제가 할 수 있는 거라면 무슨 일이든 할게요."

"그래? 잘됐네. 그러면 그 사람이 소설을 쓰도록 도와주지 않을래?"

"네? 왜요?"

"내가 그러고 싶으니까. 응? 해줄 거지?"

의아해하면서도 받아들였다.

"그리고 내가 지시하는 타이밍에 그 사람에게 '임신했다'

고 거짓말을 해줬으면 좋겠어."

나는 너무 놀라서 순간 굳어버렸다.

"네에? 그건 왜요?"

"왜 그러는지 한번 맞혀봐."

선생님은 우아하게 미소 지었다. 그 미소는 회의 중 '순간 좋은 생각이 떠올랐어', '괜찮게 이어지는 것 같아', '좋은 방안 같은데', '이런 건 어떨까?'와 같은 말을 할 때 보이는 미소와 닮아 있었다.

"대신에 약속할게. 내 담당에서 잘리는 일도 없게 하고 그 사람이랑 불륜 관계란 말은 죽어도 하지 않을게. 어때? 괜찮은 조건 아냐?"

그런 이야기를 나눈 뒤 나는 선생님이 말한 대로 마사타카가 소설을 쓰도록 옆에서 격려하고 또 격려했다. 거기에 더해 6월 초에는 선생님이 시키는 대로 '임신했어요. 어떡하죠'라는 메시지를 보냈다. 마사타카는 역시 쓰레기답게 내가 보낸 심각한 메시지를 읽기만 하고 답이 없었는데 그로부터 2주가 지나서야 '조금만 기다려줘'라는 한마디가 돌아왔다. 여기서 답장을 보내지 않으면 부자연스러우니 몇 번 전화를 걸었지만 마사타카는 한 번도 받지 않았다.

진짜로 임신한 사람이었다면 이런 취급을 받은 시점에 분노가 폭발해서 반은 미쳐버렸을 것이다.

하지만 실제로 임신한 게 아니니 그저 이런 식이구나 하는 생각만 들었다.

어쩌면 선생님이 내게 마사타카와 완전히 헤어질 기회를 준 게 아닐까 착각할 정도였다.

혹시 예전에 진짜로 다른 여자를 임신시킨 적이 있어서 마사타카가 어떻게 나오는지 이미 본 건 아닐까? 그렇게 생각하니 뭐라 형용할 수 없는 기분이 들었다. 마사타카와 연락이 끊기면서 관계가 끝났다는 생각에 개운한 마음으로 지내던 나는 마사타카에게 거짓말을 한 사실조차 잊어버리게 되었다.

그런데 7월 30일 저녁에 선생님이 쓴 글을 보고 다음 날 아침 별장을 찾았다가 거기서 마사타카와 맞닥뜨렸다. 솔직히 그때 마사타카가 임신 이야기를 꺼내 적잖이 놀랐다.

"사오리, 괜찮아?"

편집장이 부르는 소리에 정신을 차렸다.

모두가 선생님의 소설에서 역할이 있다면 나는 무엇일까? 역할은 모르겠지만 불륜이라는 가십거리를 정말 폭로

하지 않으리란 보장은 없었다.

'사오리 씨, 다음은 당신 차례야.'

선생님이 내 귓가에 속삭이는 것 같았다.

"아니요. 아무것도 아니에요. 편집장님은 선생님에게 폭로당할 일 없으시죠?"

"있어."

즉각 대답했다. 하지만 속도로 보면 뒤가 구린 레벨이 나와는 전혀 다른 듯했다.

"누구나 비밀로 두고 싶은 것들이 있잖아? 회의 때 소재로 제공하려고 자기 이야기를 할 때도 있고. 서로 블로그에 등장하지 않도록 기도할 수밖에 없나."

편집장은 그걸로 될지 몰라도 나는 기도만 하기에는 너무 위험했다.

역시 저 블로그를 막아야 한다.

"선생님은 이 작품을 마지막까지 올릴 생각일까요?"

"그럴 가능성이 높지."

"편집장님은 선생님이 살아 있다고 생각하세요?"

"아까 대답한 거나 마찬가지야. 모리바야시 아사미는 죽었거나 죽을 각오가 아니면 할 수 없는 일을 하고 있어."

"블로그가 계속 어수선한데 저도 소설을 읽어봐도 될

까요?"

"글을 못 내리니 어떻게 할 수도 없어. 상황만 파악해 둬. 아마 또 글이 올라올 거니까."

나는 선생님의 원고를 프린트하면서 마사타카를 데리고 오지 않은 자신에게 또 한 번 화가 났다.

블로그를 이대로 두면 너무 불안해서 견딜 수 없을 것 같았다. 마사타카는 두려울 게 없겠지. 적어도 그가 가지지 않은 직업이나 사회적인 지위가 사라지는 일은 없을 테니까.

마사타카는 무적이다. 그게 무서워서 하라는 대로 했다.

하지만 내일은 바로 연락해야겠다.

그렇게 결정한 뒤 원고를 읽기 시작했다.

미시마 마사타카

3

사오리가 돌아간 뒤 곧바로 엄마에게 전화했다. 실종 신고서를 제출하기 위해서였다. 하지만 엄마의 머릿속에는 오직 돈만 가득했다. 화가 나지만 아사미가 영상에서 말한 그대로였다.

"진짜 이러면 안 되는데! 네가 나한테 돈 좀 빌려주면 안 될까? 부탁할게."

"그건 돌아가면 얘기하자. 그날 그 동창이라는 사람부터 데려와."

동창을 데려오라고 하자 엄마는 기관총처럼 쏘아대던 말을 멈추더니 웅얼거리는 말투로 이야기했다.

"있잖아, 먼저 말해둘 게 있는데, 사실 이럴 때 너한테 말하기가 좀 그렇지만…."

"무슨 일인데?"

"엄마는 그 사람이랑 재혼하려고 해."

"뭐?"

"결혼할 거야. 그러니까, 돈 걱정은 안 해도 돼. 아사미가 무슨 말을 했는지는 몰라도 일단 맡겨두면 눈덩이처럼 불어나서 돌아올 테니까 걱정할 필요 없어."

엄마가 하는 말을 살짝만 들어도 상상 이상으로 큰일이 났다는 것만은 확실했다.

"엄마, 우선 지금 바로 우리 집에 가서 아사미가 실종됐다고 경찰에 신고해 줘."

"알겠어. 그런데 돈은 어떻게 되는 거야?"

엄마는 돈과 아사미의 실종과 경찰에 신고하라는 이야기를 다섯 번 정도 반복하고 나서야 아파트에 가기로 했다.

"돈…."

그러고 보니 사오리는 이대로 아사미를 못 찾으면 큰일 난다고 했다. 확실히 내가 마음대로 쓸 수 있는 현금이 없다.

도쿄 아파트에 돌아가면 단서가 있을지도 모른다.

그건 그렇고 엄마한테는 유서도 장황하게 쓰고 영상도

남겼으면서, 그럴 시간에 나에게 가장 필요한 정보를 적고 내 앞으로 보내는 유서를 먼저 공개했어야 하는 거 아닌가?

애정 없는 관계라지만 그래도 부부이니 아사미에게 가장 가까운 사람은 나다. 당연히 그렇게 해야지. 병에 걸렸다는 말은 왜 안 했지? 이러면 내가 기댈 구석이 없는 남편으로 보이거나 사이가 나쁜 부부였다고 의심받게 된다. 그것이 일반적인 여론이다. 해야 할 일과 생각할 것이 너무 많아 화가 났다. 나는 위스키를 연거푸 마시고 그대로 취해 거실에 뻗어버렸다.

정신이 번쩍 들었다. 따가운 햇살에 눈이 떠졌다. 거실 천장의 높이로 어디에 있는지 파악하고 벽시계를 보니 이제 막 10시가 넘었다. 자리에서 일어나자 갑자기 속이 메스꺼웠다.

숙취였다. 당연하다. 어제는 전혀 못 먹을 정도는 아니지만 무언가를 먹고 싶지는 않아서 거의 아무것도 먹지 않은 채로 위스키만 들이마셨다. 숙취는 당연한 결과였다.

서둘러 화장실로 달려가 액체만 들어 있는 위가 텅텅 빌 때까지 게워냈다. 그대로 샤워하고 다시 거실로 돌아와 핸드폰을 확인하니 부재중 전화와 문자가 몇십 통 넘게 와 있었다.

대부분은 사오리였지만 그녀 외에 내 연락처를 아는 아사미의 담당 편집자들에게서도 연락이 왔다. 모두 아사미를 걱정하고 있었다.

모두가 두려워하는 모습을 어디선가 아사미가 지켜보고 있는 것만 같았다.

난 다 알고 있어.

아사미는 아는 체하길 즐겼다. 함께 드라마를 보다가도 예상되는 장면을 술술 말하는 바람에 몇 번이나 김이 샜는지 모른다.

그뿐만이 아니다. 아사미는 상대가 하는 말실수를 기가 막히게 발견해 쓸데없이 파고들기를 좋아했다. 옆집 남자나 자주 가는 레스토랑 직원, 항상 가는 헤어숍의 디자이너 등 사람들이 지나가며 한 말을 잡고 늘어졌다. 그리고 얻어낸 정보를 굳이 나에게 가르쳐줬다. 아웃풋을 위한 도구로 이용했다고 하는 편이 맞으려나.

난 거의 듣지 않았다.

아사미가 그럴 때마다 바보가 된 기분이었고, 그렇게 말하고 싶으면 소설가가 아니라 점쟁이가 되지 싶었다.

핸드폰 화면을 가득 채운 편집자들은 아사미가 그들을

어떤 식으로 봤는지 모른다.

그러니까 걱정이 되겠지.

답장을 보내야 하는 인간은 한 명도 없다. 그렇게 생각하고 핸드폰을 소파에 던지자마자 전화가 울렸다. 화면에는 사오리의 이름이 떠 있었다. 정말 받고 싶지 않았지만 사오리와는 앞으로도 계속 이야기를 해야 할 것만 같아서, 그리고 또 다른 일이 생길지도 모르니 다섯 번 울리기를 기다렸다가 천천히 받았다.

"여보세요?"

"여보세요, 마사타카 씨! 도쿄로 오는 중이죠?"

"아니. 방금 일어났어."

"왜요!"

"뭐 그렇게 됐어."

"선생님이랑 연락이 된 거예요?"

"아니. 안타깝게도 그건 아니야."

"그렇군요. 그렇겠죠."

사오리는 아사미가 죽었다고 믿고 있다. 그러나 아사미가 살아 있을 가능성도 붙잡고 싶은 것 같았다.

"블로그에 새 글이 올라온 건 알아요?"

"아니. 몰랐어. 혹시 나한테 쓴 글이야?"

"아뇨. 어제 별장에서 발견한 신작 원고의 앞부분이 블로그에 공개됐어요."

"그렇구나…. 유서가 아니구나…."

"유서가 아니라고 하기도 좀 그래요. 편집장님이 확인했는데 선생님은 자기 이야기를 쓴 것 같아요."

"자기 이야기를 썼다고? 자서전이라는 말이야?"

"아니요. 자서전이랑은 좀 달라요. 혹시 하얀 새장 사건 기억해요?"

"하얀 새장 사건? 아니, 모르는데."

잠시 대답이 없었다. 이어서 사오리는 어이가 없다는 듯한 말투로 말했다.

"지금 바로 사건에 관한 내용을 보낼게요. 선생님은 소설에서 자신이 이 사건에 중요한 인물 중 한 명이란 사실을 암시하고 있어요. 그리고 당장 도쿄로 와요."

"플롯을 찾고 싶은 거지? 알겠어."

"플롯만 그런 게 아니라고요. 블로그 아이디랑 비밀번호를 못 찾아내면 앞으로 어떤 일이 벌어질지 몰라요."

"너랑 내 관계가 폭로될지도 모른다는 얘기야?"

"그것도 그렇지만 어제 제가 빌려 간 것 외에도 원고가 더 있을 거예요. 클라이맥스가 빠져 있거든요. 그게 어떻게 되어 있는지가 관건이에요."

수화기 너머에서 사오리는 꽤 흥분해 있었다. 전하고 싶은 말이 있는데 흥분해서 제대로 전달하지 못해 답답해진 나머지 점점 더 감정이 격해지는 것 같았다.

"사오리, 진정해. 무슨 일이야?"

"진정 못 해요. 만약 선생님이 네 사람을 죽였다면…."

"네 사람을 죽여? 무슨 말이야?"

"일단 도쿄로 오세요."

"어. 알겠어."

아사미가 사람을 죽였다고? 머릿속이 혼란스러웠다. 만약 그 말이 사실이라면 진짜 곤란해진다. 나는 서둘러 별장 문을 잠그고 차에 올라탔다.

"왔니."

도쿄 집에 도착하니 엄마가 기다리고 있었다. 거실에 어젯밤 이곳에서 잔 듯한 흔적이 남아 있어서 뭐라 말할 수 없이 불쾌했다.

"아직 있었어? 집에 가도 되는데."

"무슨 말이 그러니? 네가 부탁해서 와줬더니."

"그랬지. 고마워."

감정 없이 말하자 엄마는 한숨을 쉬었다.

"경찰에 신고했는데 결국 서에 가서 이것저것 취조받았어. 특히 네가 왜 안 오는지 엄청 집요하게 묻더라. 네가 아사미를 죽이지 않았는지 의심하는 눈초리였어."

"당연히 내가 가야 하는데 난 별장에 있었으니까. 엄마도 만난 적 있지? 사오리 씨가 하도 재촉해서. 자살을 알리는 내용이니 그걸 막기 위해서라도 빨리 경찰에 실종 신고해야 한다고 그러더라고."

엄마는 나를 가만히 봤다. 이 눈빛은 어릴 때부터 자주 봐서 안다.

내가 거짓말을 하는지 꿰뚫어 보려는 눈이다. 하지만 엄마의 눈빛이 내 거짓말을 간파한 적은 한 번도 없어서 신경쓸 필요 없었다. 그래도 설마 엄마가 이런 말을 할 줄은 몰랐다.

"마사타카. 혹시 네가 아사미를 죽였니?"

"엄마! 무슨 말이 그래? 내가 아사미를 왜 죽여! 블로그랑 영상 봤지? 아사미가 스스로 죽는다고 말했잖아!"

"미안. 그랬지."

"근데 왜 내가 아사미를 죽였다고 그러는 거야?"

엄마는 순간 시선을 허공에 돌리더니 고개를 저었다.

"내 착각일지도 모르지만 너, 아사미가 되고 싶었던 거 아니니?"

"왜 그렇게 생각하는데?"

"내가 그렇게 생각했으니까. 아사미가 너라면 얼마나 좋았을까, 몇 번이나 그렇게 생각했는지 몰라. 아사미는 어린 데다 재능도 인정받고 소설가로서 경력도 착실히 쌓아나갔어. 난 그게 네가 아니라 아사미라는 사실에 항상 화가 났고. 그래, 내가 그렇게 느꼈다고 해도 네가 어떻게 생각했을지는 다른 문제지."

"그래. 엄마가 그렇게 생각했다는 건 의외지만 난 단 한 번도 아사미가 되고 싶었던 적 없어."

엄마가 아사미의 일에 관심이 있었다는 건 처음 알았다. 지금까지 엄마는 아사미를 미시마 집안에 시집온 여자로만 본다고 생각했는데 어쩌면 나보다 아사미에 대해 빠삭할지도 몰랐다.

"그래. 그럼 내가 괜한 짓을 했네."

"괜한 짓?"

"아사미가 하는 일을 방해하면 너한테 도움이 된다고 생각했어."

"뭐? 그게 무슨 말이야?"

"네가 집에 없는 시간을 계산해서 여기 왔었어."

사오리가 왜 엄마에게 연락하라고 했는지 이제야 알았다.

내가 몰랐을 뿐 엄마가 이곳에 심심치 않게 왔다는 말은 진짜였나 보다.

영상 속 내용은 거짓말이 아니었다.

"아사미가 엄마가 여기 온다는 말을 전혀 안 해서 그런 일이 있었는지도 몰랐어. 영상을 보고 처음 알았는데. 엄마가 일부러 아사미를 방해했다는 거야?"

"그래. 내가 시어머니한테 똑같이 당했다면 난 아마 열쇠를 바꿔버렸을 거야. 뭐, 손자 셋을 원한 건 진심이었지만."

"엄마는 아사미한테 그런 짓을 하고 괴롭지도 않았어?"

"모르겠어."

"어?"

"모르겠다고, 아사미를. 아사미한테 상식이 없다고 하긴 했어. 진짜로 아무것도 몰랐으니까. 그런데… 상식이 없는 게 아니라, 상식이 통하지 않았던 거 같아."

"무슨 말이야?"

"분명 괴롭히려고 왔는데 반응이 없었어. 얼굴색 한번 바꾸지 않았다고."

"블로그 읽었지? 엄마한테 남긴 영상은 봤어?"

"글도 읽고 영상도 봤는데 그게 아사미의 진심이었을 줄은 상상도 못 했어. 손자 이야기를 한 건 맞지만 그렇게까지…. 그리고 하시모토 씨 이야기는 아사미가 잘못 알고 있어. 진짜로 믿을 만한 사람이니까."

"엄마, 설마 그 하시모토라는 놈이랑 진짜로 결혼할 생각이야?"

"응. 맞아."

엄마의 안색이 밝아졌다.

이제 곧 예순을 바라보는 엄마의 얼굴이 빛나는 이유가 남자라고 생각하니 위가 쿡쿡 쑤신다.

"그 하시모토라는 사람, 좀 더 알아볼 필요가 있어."

"그럴 필요 없어. 나 너한테 똑같은 말 했다가 거절당한 거 기억하고 있어."

엄마는 내가 아사미랑 사귄 지 얼마 안 됐을 때 교제를 반대했다. 아사미가 보호시설 출신이라는 점, 아사미를 학대한 아버지의 집안과 현재 상태를 정확하게 모른다는 점을 싫어했다. 엄마가 좀 더 알아볼 필요가 있다고 했을 때 내가 무시하기는 했다.

"그거랑 이거는 다르지!"

"참 너 좋을 대로 말하는구나."

"아사미가 말했잖아! 몇 번이나 사기 친 인간이라고!"

"아니야! 회사를 다른 사람한테 넘기고 나서 그렇게 됐으니 하시모토 씨 탓이 아니야!"

"그럼 그 사람한테 돈이 없다고 말해봐."

"그런 말을…."

"못 하겠지?"

"당연히 못 하지. 그건 하시모토 씨를 못 믿는다고 말하는 거랑 똑같잖아."

하시모토라는 남자에 대한 공포가 온몸에 퍼졌다. 하시모토의 수법은 다단계에 한정되지 않을 것이다. 아마 결혼 사기도 가능하겠지. 엄마는 그중에서도 속는 사람이 속고 있다는 사실을 영원히 모르게 하는 최악의 사기꾼에게 걸린 듯했다.

아사미가 그런 등장인물을 소설에 썼다고 한 적이 있다.

아사미는 자신이 만든 등장인물과 비슷한 사람을 찾았다. 아사미에게는 지극히 간단한 일이었을 것이다.

엄마가 다단계에 빠졌다면 자금의 흐름을 막아 끝낼 수 있었다. 그러나 이건 엄마의 치정이 얽혀 있다. 하시모토를 나쁘게 말할수록 엄마의 반발은 더 커지고 결혼을 반대할수록 엄마는 비극의 여주인공이 되어가겠지.

가장 어려운 녀석에게 걸렸다.

하시모토 입장에서는 아주 간단했을 것이다. 엄마는 결혼한 뒤 줄곧 전업주부였다. 세상 물정을 몰라도 되는 곳에 있었고 형제들과는 사이가 안 좋아서 연락도 안 했다. 친구다운 친구도 거의 없었다. 그래서 나와 아사미에게 집착했다.

"하시모토 그 사람은 뭐래? 엄마를 믿는다면 돈이 없어도 괜찮아야 하는 거 아니야?"

"너, 말이 좀 심하네. 그렇게 안 봤는데."

"엄마, 난 심하게 말한 거 없어. 신용이든 신뢰든 상호 관계가 없으면 안 되잖아?"

"신용이든 신뢰든 너한테 듣고 싶지 않아. 나 다 알고 있어."

"안다고? 뭐를?"

"너, 결혼한 뒤에도 계속 아사미를 배신하지 않았니? 그런 네 입에서 신용이니 신뢰니 하는 말이 나오니 좀 그러네."

"어떻게 그걸. 그래도 그거랑 이건 별개지!"

"아니지. 암튼 나랑 하시모토 씨 관계에 대해 더 이상 이래라저래라 하지 마."

엄마는 화가 나서 얼굴이 새빨개진 채로 집을 나갔다. 나는 잠시 멍하니 있다가 엄마가 어질러놓은 거실을 정리하기 시작했다.

엄마가 돌아간 뒤 곧바로 사오리에게 전화가 왔다. 아파트 근처까지 왔다고 해서 어쩔 수 없이 집으로 들였다.

사오리는 집에 들어가지 않은 듯했다. 어제와 똑같은 옷에 머리카락은 푸석푸석했고 화장도 고치지 않았는지 번들번들한 얼굴에 립스틱은 라인만 남아 있었다.

나는 사오리의 얼굴을 유심히 봤지만 본인은 전혀 신경 쓰지 않는 눈치였다.

"선생님이 쓰시던 노트북은 찾았어요?"

"안 보이네."

"제가 작업실을 확인해도 될까요?"

"어어."

작업실로 안내했다. 꽤 많은 양을 별장으로 옮겼는데도 출판사에서 보낸 우편물이 항상 이곳으로 와 어쩔 수 없이 책과 서류가 늘어났다. 아사미의 작업실은 벽을 따라 책이 가득한 책장이 둘러싸고 있고, 방 중앙에 책상이 있다. 아사미는 책이 햇빛에 바래는 것을 싫어해 차광 커튼을 이중으로 달아놔서 이 방은 한여름 밝은 낮에 불을 켜도 어두컴컴했다. 방 주인도 없고 게다가 자살했다는 말을 남겨서 그런가 익숙한 방인데도 어딘지 불쾌했다.

"실례할게요."

그렇게 말한 사오리는 책상 서랍을 여닫았다.

"선생님은 항상 마지막 서랍에 노트북 가방을 넣어놨어요. 그게 여기 없다는 건…."

"밖에 들고 나간 채로 사라졌다?"

"그럴 가능성이 높네요."

"그렇군."

"그 소설은 읽었어요?"

"아사미가 살인 의혹을 받았다는 소설 말하는 거지? 아니, 아직 안 읽었어. 돌아오고 좀 전까지 엄마랑 얘기하느라고."

"알았어요. 그래도 그 글은 꼭 읽어주세요."

"큰 줄거리만 알아두면 되지 않아?"

"그런 얘기가 아니에요. 당사자가 쓴 논픽션이기도 하지만 《하얀 새장 속 다섯 마리 새들》은 소설로서도 훌륭해요. 그리고 선생님이 그때 친구들을 잃었다면…."

"그 친구들인지 뭔지를 아사미가 죽였을 가능성이 있어서 당황한 거지? 근데도 그게 아닌 걸 안다는 듯한 말투네."

"결말은 빠져 있지만 전 선생님이 네 사람을 죽였다고 생각하지 않아요. 다섯 소녀의 우정은 그렇게 쉽게 생기지 않거든요."

"여자들 우정은 한순간이고 금방 뒤돌아서기도 해…. 그렇게 말한 사람도 아사미였는데."

"그건…."

"만약 소설의 결말을 찾았는데 아사미가 살인을 인정하는 내용이면 어떡할래?"

사오리는 서랍 속에 있던 USB를 책상 위에 늘어놓다가 손을 멈추고서 이쪽을 봤다.

"모르겠어요. 정말 그렇다면 이 소설을 쓴 의미는 명확해져요. 참회하는 거겠죠. 하지만 그런 이야기가 아닌 편이 좋고, 그렇지 않을 거라고 믿고 싶어요."

"살인을 인정한다면 당연히 출간은 안 되겠지. 그런데 그게 아니라면 유작으로서는 걸작이라고 생각하는 거야?"

"맞아요. 저는 너무 아쉬워요. 선생님은 이 이야기를 아무에게도 하지 않았을 텐데. 선생님이 돌아가셨다면 더 이상 누구에게도 이 작품에 대해 물어볼 수가 없잖아요."

"결말이 누락된 게 아니라 미완성일 가능성도 있잖아."

"그럴 일은 없어요."

"왜지?"

"선생님은 신문에 연재할 때도 초고를 마지막까지 써놓

고 나서 시작하거든요. 물론 원고를 수정하는 일도 있지만 완성되지 않은 작품을 블로그에 올린다는 건 있을 수 없어요."

사오리의 말투가 단호해서 욱하는 마음에 나도 모르게 말해버렸다.

"넌 네가 아사미에 대해 다 안다고 말하고 싶은 것 같네."

"오히려…. 아니, 됐어요. 아무것도 아니에요. 일단 이 USB부터 전부 다 봐도 될까요? 그리고 아이디나 비밀번호의 힌트가 될 만한 건 없었어요?"

그 부분은 운전하면서도 생각해 봤다. 힌트를 남겼다면 평소 내가 보지 않는 곳에 있겠지.

"좀 찾아볼 테니까 여기서 작업하고 있을래?"

대답을 들은 뒤 작업실 문을 닫고 침실로 향했다.

우선 옷장 안을 확인했다. 노트북 가방을 찾았지만 보이지 않았다. 침대 옆 서랍을 뒤지니 문고본 사이즈의 두툼한 민트색 수첩이 나와 휘리릭 넘겨봤다. 아사미의 글씨체다. 애들 글씨처럼 둥글둥글한 필체. 학생 때는 놀림도 받았던 글씨체다. 아이디어 씨앗이라고도 할 수 없는 단어 조각들이 흩어져 있었다. 혹시 모르니 가지고 가기로 한다.

서랍 옆에 놓인 금고를 열었다. 비밀번호는 나와 아사미의 생일을 섞어서 만들었다.

아! 그러고 보니 이 비밀번호는 여기에만 쓰인다. 어쩌면 이것일 가능성도 있지 않을까?

나는 금고 안에 비밀번호를 알아낼 만한 단서가 없다는 걸 확인하고서 사오리가 있는 작업실로 돌아갔다.

"소설 결말은 찾았어?"

"아뇨. 마사타카 씨는 찾았어요?"

"어쩌면 금고 비밀번호일 가능성도 있어."

"바로 입력할 테니 알려주세요."

내가 책상 위에 있던 메모지에 비밀번호를 적자 사오리는 자신의 노트북으로 블로그 홈페이지 화면을 열어 몇 번 로그인해 보더니 고개를 저었다.

"안 되네요. 이게 비밀번호여도 아이디가 다를 수 있으니 어딘가 둘 다 메모한 게 있으면 좋을 텐데…."

"찾아볼게."

"헉!"

"무슨 일이야?"

"블로그에 또 글이 올라왔어요."

"내용은?"

"소설의 다음 부분이요."

"그렇군."

나는 솔직히 실망했다. 이제 슬슬 내게 남긴 유서가 나올 때라고 생각했다. 블로그 비밀번호도 중요했지만 돈을 쓰지 못하는 나에게는 더 필요한 정보가 있었다.

"마사타카 씨는 두렵지 않으세요?"

"뭐가?"

"마사타카 씨가 좋은 남편이었다고는 할 수 없잖아요. 온갖 욕설이 적혀 있어도 이상하지 않다고 생각하는데, 그 글이 사람들에게 읽히는 게 두렵지 않으세요?"

"안 두려워."

"왜요?"

"내가 왜 아사미가 쓴 글을 신경 써야 하지?"

"다른 누구보다 마사타카 씨가 가장 신경 써야 할 것 같지만, 이야기를 해봤자 의미가 없겠네요."

모든 USB를 오늘 안에 확인하기는 어렵겠다고 판단해 사오리에게 맡겼다. 나는 보더라도 구별하지 못할 테니 그걸로 됐다.

사오리가 돌아간 뒤 나는 그녀가 굳이 프린트로 뽑아준 《하얀 새장 속 다섯 마리 새들》을 억지로 읽기 시작했다.

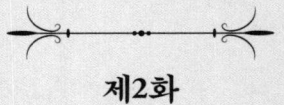

제2화

  핸드폰은 에미가 가지고 있던 것과 똑같은 통신사 기종에 다른 색상으로 받았다. 도카엔 선생님에게 핸드폰이 갖고 싶다고 말했을 때 선생님은 순간 놀란 눈치였지만 어쩐지 기뻐하는 것도 같아서 살짝 낯간지러웠다.
  입학식을 하고 일주일이 지났을 때 나와 에미는 점심시간에 같이 있는 것이 당연한 사이가 되었다. 내 앞자리 아이는 입학식 날부터 결석을 해서 에미는 수업 전이나 점심시간에 그 자리에 앉아 나와 이야기했다. 그날 아침에도 교실에 들어와 자리에 가방을 두자마자 에미가 앞자리로 와서 앉았다.

"아사미, 왔어?"

"안녕. 에미."

이름으로 부르라고 한 사람은 에미였다.* 에미를 편하게 부르는 건 익숙하지 않아도 에미가 내 이름을 불러주는 것은 좋았다.

"나 핸드폰 생겼어."

내가 교복 주머니에서 핸드폰을 꺼내자 에미의 얼굴이 순식간에 밝아졌다.

"색깔만 다르네!"

에미도 주머니에서 폴더폰을 꺼내 딸깍, 소리를 내며 열었다. 에미는 베이비핑크, 나는 스카이블루였다.

"응. 네 것이 좋아 보였어. 혹시 기분 나빴어?"

"아니야. 너무 기뻐! 스카이블루도 괜찮네!"

"저, 저기…."

번호를 주고받으려는데 뒤에서 다른 아이의 목소리가 들렸다. 아직 반 아이들의 얼굴을 외우지 못해서 나는 그 아이가 누군지 몰랐다. 짧은 보브컷에 앞머리가 가지런히 정리된 그 아이는 당장이라도 울 것 같은 표정이었다.

---

* 일본은 처음에 성으로 부르다가 친해지면 이름으로 부르는 문화가 있다.

"저기, 거기 내 자리인 것 같은데…."

기어들어 가는 목소리를 내는 이 아이가 입학식 때부터 결석한 후쿠하라 가나데라는 사실을 나와 동시에 에미도 알아챘다. 에미는 자리에서 벌떡 일어났다.

"미안! 내 자리라는 말은, 네가 후쿠하라 가나데야?"

에미가 묻자 가나데는 고개를 끄덕인 뒤 뭔가 말하려 했다. 그때 마침 종이 울려서 에미는 자리에 돌아가고 가나데는 크게 한숨을 쉬었다.

그날 4교시는 음악이었다. 3교시 수업이 끝나는 종소리가 울리고 길게 뻗은 복도를 걸으며 음악실로 이동할 때도 가나데는 혼자인 데다 갈 곳이 없어 보였다. 아침부터 쭉 보니 가나데는 수업이 끝날 때마다 다른 아이와 말도 하지 않고 책상에 푹 엎드려 잤다. 가나데도 반 안에 중학교 친구들이 없는 것 같았고 입학식 날부터 일주일 동안 이미 무리가 지어진 여자애들 사이에 들어가는 것도 포기한 듯했다.

음악 시간에 에미에게 문자가 왔다.

'점심시간에 가나데랑 밥 같이 먹자고 해도 돼?'

나는 바로 답장할 수 없었다. 가나데도 함께 점심을 먹으면 에미와 시작된 무언가가 끝나버릴 것 같았다. 하지만 에미의 말을 거절할 수 없었다. 에미에게 속 좁은 사람으로 보이는 쪽이 더 무서웠으니까.

점심은 1층 식당이나 2층 교실에서 먹는 학생들이 많았는데, 나와 에미는 교실에서 먹었다. 교실에 돌아가니 먼저 와 있던 가나데가 도시락과 물통을 안고 힘없이 어딘가로 가려 했다.

가나데의 심정은 누구보다 잘 안다. 예전에는 나도 교실에서 혼자 도시락을 먹을 용기가 없었다. 중학생 때는 더워도 추워도 시선이 닿지 않는 학교 뒤편에서 먹었다.

"괜찮겠지?"

"응."

우습게도 씁쓸한 기억 때문에 가나데와 함께 점심을 먹을 마음이 생겼다. 내가 끄덕이자 에미가 큰 소리로 가나데를 불러 세웠다.

"가나데! 우리랑 같이 점심 먹을래?"

에미가 부르는 소리에 놀란 가나데는 눈을 크게 떴지만 곧바로 웃는 얼굴이 되었다. 우리가 처음으로 본 가나데의 미소였다.

"아사미, 그거 저쪽으로 붙이자."

"그래."

"가나데는 저 의자 가져오고."

"응!"

우리는 가나데와 내 책상을 합치고 비어 있는 의자를 하나 가져와 테이블을 세팅했다. 나와 가나데는 자기 자리에 앉고 에미는 우리 둘 사이에 의자를 둬서 삼각형 구도로 앉았다.

각자 도시락을 열었다. 에미와 처음 만났을 때 했던 이야기를 다시 나눴다. 어디 중학교 출신인지, 생일은 언제인지, 동아리는 어떻게 할 생각인지. 이야기해 보니 가나데는 수다쟁이였고 잘 웃었다. 도시락을 다 먹었을 즈음엔 분위기가 완전히 달라져 있었다.

"그러고 보니 가나데는 지금까지 왜 학교에 못 온 거야? 입원이라도 했었어?"

내가 그렇게 묻자 웃고 있던 가나데의 표정이 일순간 어두워졌다. 혹시 내가 아픈 곳을 찔렀나 초조해졌지만 가나데는 짧게 한숨을 쉬고는 이렇게 대답했다.

"내가 아팠던 게 아니라 오빠가 뭘 잘못 삼켜서 입원하고 퇴원하느라 학교에 올 수가 없었어."

친오빠가 없는 나는 가나데가 아니라 오빠가 아파서 오지 못했다는 이야기를 상상하기가 어려워서 더 의아했다.

"오빠가 입원하고 퇴원하는데 왜 네가 학교에 못 오는

거야?"

"아사미. 각자 사정이란 게 있는 거야."

"아니, 그래도…."

에미가 내 질문을 막았지만 가나데는 짧은 보브컷을 흔들면서 고개를 가로젓더니 무언가 체념한 듯 메마른 웃음소리를 냈다.

"괜찮아. 앞으로도 나는 오빠 때문에 결석할 일이 많을 테니 알아두면 좋지. 우리 집은 장애가 있는 오빠를 중심으로 돌아가. 게다가 오빠는 나한테 중요한 일이 있을 때마다 상태가 안 좋아지는 경우가 많아서…."

가나데의 오빠는 다운증후군 환자였다. 이후에도 가나데가 학교를 쉰 이유는 본인이 아닌 오빠 때문이었다.

"너희 오빠 너무한 거 아냐?"

내가 그렇게 말하자 가나데는 목이 메는 듯한 소리를 내더니 좀 전까지 도시락을 펼쳤던 책상에 두 팔로 머리를 가리듯 푹 엎드렸다. 나는 무슨 일이 일어나고 있는지 몰랐다. 우리 자리는 창가였고 복도 쪽에는 아직 점심을 먹는 아이들이 몇몇 남아 있었다. 에미는 복도 쪽 학생들에게서 가나데를 숨기듯 의자를 가나데 쪽으로 가까이 옮겼.

가나데가 울고 있다는 사실을 깨닫기까지 나는 에미보

다 훨씬 긴 시간이 걸렸다. 소리도 내지 않고 울었기 때문이다. 미묘하게 떨리는 어깨를 보고 나서야 가나데가 울고 있다는 것을 알았다.

이렇게 우는 아이를 도카엔에서도 본 적이 있다. 가나데의 울음은 소리 내서 울면 일이 더 커진다는 사실을 아는 아이의 울음과 똑같았다.

가나데가 매번 이렇게 울었겠다고 생각한 순간 안쓰러움에 가슴이 옥죄어 왔다.

"미안해 가나데."

가나데는 고개를 가로저었다. 나와 에미는 가나데가 눈물을 그칠 때까지 그저 계속 옆에 있었다.

나도 누군가의 슬픔에 공감할 수 있구나. 처음 느낀 감정에 깜짝 놀랐다.

새하얀 세일러 칼라가 달린 하복을 입을 무렵에는 나와 에미와 가나데 세 명이 함께 다니는 것이 당연해졌다. 하복도 같은 날에 입자고 날짜를 맞췄다. 정말 실없고 의미 없다고 해도 그런 것들이 무척 즐거웠다.

"우리 학교 교복 중에 난 하복이 더 좋더라."

에미가 말하자 가나데가 끄덕였다.

"나도!"

"진짜? 중학교 때도 세일러복이었잖아. 나는 굳이 꼽자면 처음 동복 재킷 입었을 때가 좋았는데."

"중학교 교복이랑은 완전히 다르지. 그치, 에미."

"맞아. 격이 다르지."

내 의견에 두 사람은 열을 내며 반박했고 나는 웃으면서 사과했다.

"교복은 귀여운데 체육복이…. 하얀색은 묘하지."

내가 말하자 두 사람은 벌레라도 씹은 표정으로 지금 입고 있는 체육복을 유심히 바라봤다.

"하얀색도 그런데 이 빨간색 라인 진짜 심각하지 않니."

우리는 체육 시간에 몸풀기를 하면서 떠들고 있었다. 이 학교 체육복은 학생들에게 혹평을 받았다.

긴팔, 긴바지, 반팔, 반바지가 전부 흰색이다. 오늘은 비 때문에 체육관에서 수업해 괜찮지만 운동장에서 수업할 때는 앉았다 일어나면 엉덩이 부분에 원숭이처럼 붉은색 자국이 남았다. 심지어 옆에는 네 개의 빨간 라인이 들어가 있다. 마치 붉은 매듭 같아서 학생들 사이에서 체육복은 노시부쿠로のし袋*라고 불렸다.

"자! 2인 1조로 진행한다!"

몸풀기가 끝난 뒤 체육 선생님의 구령으로 우리는 한 사람이 더 없나 주변을 둘러봤다. 에미는 후지타 유리카가 혼자서 당황하는 모습을 발견하고 그녀를 향해 손을 흔들었다.

"어? 유리카가 혼자라고?"

가나데가 그렇게 말하는 것도 당연했다. 유리카와 육상부의 야마모토 유키가 함께 있는 모습을 자주 보았기 때문이다.

사실 나는 유리카의 첫인상이 좋지 않았다. 유리카가 걸친 옷과 소지품에서 금전적인 풍요로움이 넘쳐흐른 탓이었다. 무슨 브랜드인지는 모르지만 멋진 자수와 화려한 색상이 들어간 손수건, 언뜻 보면 검은색에 밋밋한데 전체적으로 복잡한 모양을 낸 가죽 필통과 그 안에 들어간 묵직해 보이는 화사한 색의 필기도구. 그리고 무엇보다 걸을 때마다 좋은 소리가 나는 로퍼. 유리카의 부모님이 의사라는 이야기가 돌기도 해서 '나와는 사는 세계가 다른 아이'라며 내 쪽에서 벽을 쳤다.

그 마음 안에는 인정하고 싶지 않은 질투가 섞여 있었다.

"유리카!"

---

* 일본의 축의금 봉투로 하얀 봉투에 붉은 선이 있다.

에미의 목소리를 겨우 들은 유리카는 등불이 켜지듯 표정이 확 밝아지면서 포니테일을 찰랑거리며 이쪽으로 왔다.

"유키는 오늘도 쉬는구나."

에미가 그렇게 말하고 나서야 나는 최근에 유키가 결석이 잦았다는 사실을 깨달았다. 에미는 정말로 반 아이들을 잘 살폈다.

"응, 그러게. 요즘 유키가 여러 가지로 힘든 것 같아. 그동안 너희들이랑 이야기하고 싶었는데 이렇게 불러주니 너무 좋다."

"유키는 컨디션이 안 좋은 거 아니었어?"

"아사미!"

에미가 다시 나를 막았다. 또 말실수를 했다는 생각에 반성하는 표정으로 아래를 보고 있는데 유리카가 웃었다.

"내가 말할 수는 없지만 아마 곧 유키가 이야기해 줄 거야."

사실이 무엇이든 당사자가 없는 곳에서는 말하지 않는 유리카의 의리를 보고 좋은 아이라며 속으로 감탄했다. 그리고 이어진 유리카의 발언에 나는 놀라움과 편안함을 느꼈다.

"저기, 아사미는 신입생 대표로 인사도 했으니까 머리가 좋지? 나 5교시 수학 시간에 문제 풀 차례인데 고등학교에 들어오고는 수학이 전혀 안 돼. 나 좀 가르쳐주라!"

나는 내 약점을 사람들 앞에서 솔직하게 말해본 적이 없었다. 그래서 유리카의 솔직함이 너무나 눈부셨고 내가 도움이 된다는 사실이 기뻤다.

"내가 풀 수 있는 거라면 알려줄게."

잘난 척하는 것처럼 보이지 않으려고 그렇게 말하자 에미가 팔꿈치로 나를 쿡쿡 찔렀다.

"아사미, 너무 겸손한 거 아냐? 유리카, 아사미는 학원도 안 다니는데 이과 쪽에 강해."

"학원을 안 다닌다고? 타고났구나! 너무 부럽다. 나는 수학 시간이 진짜 괴롭거든."

"수학 선생님이 좀 무섭긴 하지."

가나데가 말하자 유리카가 크게 고개를 끄덕였다.

"그럼 점심 먹고 모여서 공부하자. 어때, 아사미?"

"그래."

내가 대답하자 체육 선생님이 호루라기를 요란하게 불며 이쪽을 가리켰다.

"거기! 잡담은 그만하고!"

우리는 서둘러 짝을 나눴고 내 상대는 가장 가까이에 있던 유리카가 되었다.

야마모토 유키는 다음 날 학교에 왔다. 유키는 육상부 장거리선수로 우리 중에서 가장 키가 크고 쇼트커트가 잘 어울렸다. 장신에 훤칠한 체구 탓인지 아무리 애써도 소화하기 힘든 '노시부쿠로'를 유키만은 소화해 냈다.

유리카에게 어제 일을 들었는지 유키는 아침에 우리를 보고는 먼저 말을 걸어주었다.

"유리카를 또다시 혼자 둬서 걱정이었는데 너희들과 함께했다는 이야기를 듣고 안심했어. 정말 고마워. 우리 집은 아버지가 타지로 출장 가시고 할머니가 충격을 받으셨는지 컨디션이 안 좋으셔. 어제도 할머니 상태가 나빠져서 쉬었어. 그러니 앞으로도 가끔 쉬는 날이 있을 거야."

"그렇구나. 힘들겠다."

에미에게 혼날 만한 대답이나 질문을 하지 않으려고 신경 썼더니 에미가 풋 웃었다.

"아사미, 꽤 참았네?"

에미가 그렇게 말하며 웃자 가나데도 웃었다.

"미안. 나한테는 가족이 없다 보니 그게 뭔지 몰라서 자꾸만 묻게 돼."

아이들의 눈이 충격으로 크게 떠졌지만 무엇보다 내가 가장 놀랐다. 누구에게도 말할 생각이 없던 도카엔 이야기를 나도 모르게 네 사람에게 밝혀버렸다. 수업 시작을 알리는 종이 울리고 모두가 자기 자리로 돌아갔다. 스스로 폭탄을 떨어뜨렸는데 묘하게 개운했다.

    나는 이때 비로소 깨달았다.

    누군가에게 다가가고 싶을 때는 상대도 내게 다가오게 해야 한다는 것을.

    나는 고등학생이 되고 처음으로 친구들이 생겼다.

이케가미 사오리

3

작업실에는 선생님이 항상 쓰시던 노트북이 없었다. 블로그 아이디와 비밀번호도 찾지 못했다.

나는 편집부로 돌아가 작업실에 있던 서른 개가 넘는 USB 속 파일을 모두 확인하고 번호를 붙여 목록을 만드는 단순한 작업에 몰두했다.

필요한 것만 찾으면 되지 않느냐고 할 수 있지만 시간이 걸려도 지금 해놔야 나중에 빠뜨릴 일이 없다. 앞으로 무엇이 필요할지 모르기 때문이다.

작업하면서도 블로그에 새 글이 올라왔는지, 어떤 댓글이 달렸는지 확인했다. 블로그에 《하얀 새장 속 다섯 마리 새들》의 등장인물이 모두 소개됐다. 당분간 계속 이 이야기가 올라올까? 아니면 또 다른 폭탄이 숨어 있을까?

물론 이 작품도 폭탄이다. 지명은 이니셜을 썼고 학교도 가칭을 썼지만 문제는 이름이 본명이라는 점이다. 이러면 독자는 장소와 인물을 간단하게 추측할 수 있다.

인터넷이라는 광활한 바다의 놀라운 점은 여기에 있다. 정보량이 워낙 방대해서 검색할 단어를 유추하거나, 여러 개로 설정하거나, 다양한 조합으로 물어보거나, 이미지로 검색하거나, 모르는 누군가에게 질문하면 원하는 정보를 명탐정이 추리한 듯 쉽게 알아낼 수 있다.

이 작품은 틀림없이 재미있을 것이다. 나라도 그렇게 했으리라. 무언가를 폭로하거나 밝히는 일은 어느 시대에나 통하는 대중오락 중 하나니까.

다양한 방법으로 알아낸 소설의 정보들이 댓글 창에 모이면서 난리가 났다. 당연히 하얀 새장 사건 이야기였다.

흥분할 만한 포인트는 확실했다.

- 모리바야시 아사미 작가가 당사자 중 한 명이다.
- 합의되지 않은 집단 자살이었을 가능성이 있다.
- 주도자가 모리바야시 아사미 작가라면 지금까지 살인

자가 쓴 작품을 즐겨 읽었다는 사실에 대한 죄책감이 발생한다.

• 진범이 있다면 모리바야시 아사미 작가의 네 친구 중 누구일까.

• 이 일은 처절한 현실을 살아가던 소녀들이 일으킨 사건인 만큼 외부인이 진범일 수 있다(모리바야시 아사미 작가의 팬으로 보이는 계정은 대부분 이 의견이다).

모든 의견이 섞이고 섞여서 혼란스러웠다. 그럴수록 의견들은 꼬투리를 잡혔고 꼬투리 잡은 이야기가 또 꼬투리를 잡혀 논점이 원래 형태에서 멀어지고 갈라졌다.

논란.

논란은 그렇게 수습하기 어려운 형국으로 흘러갔다. 누가 말했는지, 근거는 어디 있는지 모호했던 의견조차 몇 번이고 반복되면서 기정사실처럼 바뀌어 버렸다.

하지만 그런 의견은 특정한 '누군가'가 한 말이 아니라 세간과 여론에 그럴싸하게 뒤엉켜 다수결로 옳다고 휩쓸려 간 것에 지나지 않았다.

그 의견에 작가성은 없다. 그러나 이런 흐름을 예상해 썼다면 거기엔 작가성이 존재한다고 할 수 있다.

해설자나 에세이스트는 복잡한 의견 속에서 대중적인 견해를 재빨리 찾아내 자신의 것처럼 말하는 요령이 필요하다. 사람들에게는 얼마나 넓은 시야를 가지고 공평하게 다각적으로 상황을 볼 수 있는가에 대한 역량이 요구된다.

논란이 생겼을 때 어떻게 될지 알면서도 고심한 끝에 결국 소설을 공개한 선생님의 목적은 확실하다.

마지막까지 팔로우하게 만드는 것.

마지막 한 줄까지 읽게 하는 것.

소설이 공개된 지금, 결말이 궁금해진 사람은 나와 편집장뿐만이 아니다. 찬성과 반대, 추리와 억측 어느 쪽이더라도 모두가 이 소설의 마지막을 숨죽이고 지켜볼 것이다.

"호기심을 자극할 줄 아는 천재야."

편집장이 그렇게 말하며 내 책상으로 다가왔다.

"죄송합니다. 선생님 집에서도 아이디랑 비밀번호를 찾지 못했어요."

"이렇게 된 이상 결말이 올라올 때까지 내버려둘 수밖에 없네. 이제 와 블로그를 닫는다 해도 독자들이 가만히 있을 리 없으니까. 호기심 앞에 선악 따위는 무력한 법이야. 그보다 받았다는 플롯은 어디 있어?"

USB를 열두 개째 확인했는데도 시리즈 플롯은 보이지

않았다. 선생님은 플롯을 내가 아닌 다른 출판사 편집자에게 넘긴 걸까? 그렇다면 그 편집자에게서 무슨 말이라도 나왔을 텐데….

"플롯은 없어요."

"뭐?"

"받지 않았어요."

"어? 그럼… 그 시리즈는 연재를 못 한다는 말이네."

가미나가 편집장은 황당하다는 표정을 지었다.

혼나는 편이 훨씬 나았다. 어금니를 꽉 깨물었다. 플롯을 찾지 못한다는 사실에 가장 초조한 사람은 편집장이 아니라 나였다. 초조함을 넘어선 것도 같다. 누가 속을 쥐어 잡은 듯 메슥거렸다.

"죄송합니다."

기어들어 가는 목소리로 말하자 편집장은 냉정을 되찾았다.

"아냐. 괜찮아. 플롯이 있다고 해도 아사미 작가와 교류한 적 있는 다른 소설가에게 바로 집필을 의뢰할 수도 없고 출간 여부도 불확실해."

"하지만《하얀 새장 속 다섯 마리 새들》의 결말이 블로그에 올라오면 반대로 선생님 작품에 주목하게 될 거예요."

"그렇다고 해도 우선《하얀 새장 속 다섯 마리 새들》출간이 먼저겠지. 그것도 결말에 문제가 없다는 조건이 있어야 해. 지금 할 수 있는 일은 이 블로그를 뒤따라가는 것뿐이야. 일단 하던 작업은 계속해 줘, 난 잠깐 나갔다 올게."

문의 전화는 끊임없이 울렸다. 우리 말고도 예전에 선생님과 책을 낸 적이 있는 출판사라면 모두 같은 상황인 듯했다.

그래서 오늘 출판사들이 다 같이 긴급 기자회견을 열기로 했다.

하지만 그 누구도 블로그에 쓰인 사실보다 더 많이 말하지는 못한다.

아무것도 모르기 때문이다. 선생님이 계신 곳도, 생사도, 인기 시리즈 플롯의 행방도, 그리고 무엇보다《하얀 새장 속 다섯 마리 새들》의 결말을 아무도 모른다.

나는 걸어가는 편집장의 뒷모습을 잠시 바라본 뒤 한숨을 쉬면서 컴퓨터 화면으로 시선을 돌렸다. 두 개로 분할된 화면 중 하나는 USB 안에 있던 파일이고 또 하나는 선생님의 블로그다. 블로그 화면을 새로 고침 하니 새로운 댓글이 줄줄이 늘어났다. 화면을 내리다가 이상한 댓글을 발견했다.

"어? 이게 뭐야?"

─모리바야시 아사미를 내놔! 이 블로그는 다 거짓말이야! 없애지 않으면 명예훼손으로 고소할 거야!

화면 너머로 붉으락푸르락하며 화를 내고 있을 작성자의 모습이 눈에 훤히 보이는 댓글이었다.

"설마, 사건 관계자?"

사망한 소녀들 중 세 사람에게는 겉으로는 보이지 않던 복잡한 사정이 있었다.

관악부였던 후쿠하라 가나데에게는 다운증후군에 걸린 오빠가 있었는데, 부모가 관심은 주지 않고 오빠를 돌보라는 압박만 줘서 가족에 대해 항상 안 좋은 기억만 가지고 있었다고 한다.

엄마의 지시로 육상부를 그만둔 야마모토 유키는 학교가 끝나면 치매에 걸린 할머니를 간병해야 했다. 대학교는 다른 지역으로 가고 싶어 했지만 그 꿈을 이룰 수 없었다.

미술부였던 후지타 유리카는 부모님이 두 분 다 의사였다. 아이에게 의사 외의 길은 허락하지 않았고 이과 과목이 약했던 유리카는 큰 스트레스를 받았다.

세 명의 프로필을 나란히 놓고 보니 확실히 부모가 없다는 아사미 선생님의 사연은 사소한 일처럼 보였다. 가족이 있다는 이유로 꼼짝도 못 하는 아이가 실재했다. 이 사실이 드러나면 가족들은 어떻게 생각할까.

하지만 세 사람에 관해서는 사건 당시부터 적잖이 폭로가 되어서 특별히 새롭지는 않았다. 이제 와 다시 문제 삼는 게 싫은 걸까?

위협적인 댓글은 세 사람과 관련된 인물 중 한 명이 썼을까? 아니면 사사키 에미에게도 복잡한 사정이 있었고 이제 그 결말이 그려지려는 걸까.

그렇다고 해도 웃기다. 이미 죽은 사람을 어떻게 명예훼손으로 고소한다는 걸까? 선생님은 이미 돌아가셨으니 댓글을 쓴 인간의 말이 들릴 리가 없다.

그리고 나는 스스로가 우스워서 웃어버렸다. 이 소설의 끝이 어떻게 될지 점점 초조해하며 기다리고 있으니까.

이런 모습이야말로 틀림없이 선생님이 노린 부분일 것이다.

하얀 새장 속 다섯 마리 새들

제3화

 겨울방학이 끝나고 첫 학급 활동 시간이었다. 교실에 히터를 너무 세게 틀어서 겨울인데도 등이 땀으로 축축하게 젖어 있었다. 담임 선생님이 나눠준 종이를 한 장 빼고 뒤로 돌렸다.
 "문이과 선택과목 제출은 다음 주 금요일까지니까 신중히 생각하도록."
 학교에서는 2학년이 되면 선택과목에 따라 반을 배정한다. 입학 당시 나는 무사히 졸업장만 받자는 생각뿐이었으나 아이들은 하나같이 내 성적이 아깝다고 말했고, 그 말에 힘입어 대학 진학까지도 시야를 넓혀보기로 했다. 돈도 그렇고 졸업 후 시설을 나와 자립하는 일 등 걱정거리는 많았지만 이상하게도 어떻게든 될 거라는 긍정적인 마음이 들었다.

수업이 끝나고 우리는 교실에 남아 선택과목을 어떻게 할지 이야기하고 각자 종이에 동그라미를 쳐 보여줬다. 솔직히 나는 어디든 상관없었지만 이과 과목에 강해서 그쪽으로 갈까 생각 중이었다.

에미와 가나데, 유키는 문과를 선택했다. 전부터 그런 이야기를 해왔기에 세 명이 내린 결정은 위화감이 없었다. 의외인 사람은 이과를 선택한 유리카였다.

"유리카, 너 이과 힘들어하잖아."

우리는 유리카의 이과 성적을 잘 알고 있었다. 여름방학이나 시험 기간이 되어 지하상가에 있는 푸드코트에서 다 같이 공부할 때면, 유리카는 특히 수학, 과학 문제를 풀 때 미간에 힘이 들어가면서 아주 괴로운 표정을 지었다.

"나 외동딸이잖아. 병원 물려받아야 한대."

"의사가 되고 싶어?"

내가 그렇게 물으니 유리카는 당장이라도 울 것 같은 표정으로 고개를 저었다.

"되고 싶지 않고 될 수도 없어. 그런데 엄마 아빠가…."

유리카는 기어들어 가는 목소리로 말하고서 떨리는 손

으로 선택과목에 동그라미를 쳤다.

2학년이 된 뒤 유키의 결석은 전보다 눈에 띄게 늘었다. 같은 반이었던 에미와 가나데가 수업을 따라갈 수 있게 도와줬지만 출석 일수는 둘의 협력으로도 어떻게 할 수 없었다.

학생 대부분이 하복으로 갈아입은 무렵이었다. 나와 유리카는 수업이 끝난 후 에미에게서 문자를 받고 급하게 진학 지도실로 갔다. 2학년 교실은 3층에 있어서 교무실이 있는 1층까지 뛰고 나면 땀범벅이 된다. 에미와 가나데는 진학 지도실 앞 복도에서 심란한 표정을 하고 있었다. 나는 목소리를 낮춰 에미에게 물었다.

"분위기가 어때? 설마 유급되는 거야?"

"모르겠어. 담임이 출석 일수로 할 말이 있다고 하더라고."

"며칠 더 쉬면 유급이었지?"

다 같이 유키의 결석 일수를 세기 시작했을 즈음 진학 지도실 문이 힘차게 열리면서 유키가 "감사합니다" 하고 인사하며 나왔다. 동아리에 가기 전이었나 보다. 노시부쿠로가 아닌 2학년이 되고 육상부에서 맞춘 체육복을 입고 있었다.

"아사미. 이 체육복 완전 괜찮지?"

휙 뒤돌아서 알파벳으로 'HIMEGAMI'라고 새겨진 체육복 뒷면을 보여준 게 얼마 전이었다.

"너희들, 기다려 줬구나. 고마워."

"어떻게 됐어? 괜찮대?"

가장 먼저 말을 건 사람은 역시 에미였다.

"괜찮다고 말하고 싶은데, 괜찮지 않을 거 같아. 나, 육상부 관두기로 했어."

"어? 왜?"

내가 놀라서 물은 건 당연했다. 유키가 새 체육복을 좋아한다는 단순한 이유 때문만은 아니었다.

유키는 달리기를 좋아한다. 본인도 그렇게 말했고 누구라도 유키가 달리는 모습을 보면 그렇게 생각할 것이다. 유키가 달리는 모습은 마치 유연한 야생동물처럼 아름답다. 나도 모르게 눈으로 따라갈 정도였으니까. 그런 유키는 동아리 시간에 우리를 발견하면 크게 손을 흔들어 주었다. 나는 그 순간이 정말 좋았다. 그래서 육상부를 관두겠다는 유키의 말을 믿을 수가 없었다.

유키가 짧은 머리를 쥐어뜯었다. 언제나 담담한 아이라고 생각했는데 초조해하는 모습에 많이 놀랐다. 에미가 다가가 등을 쓰다듬자 유키는 쌓아왔던 무언가가 폭발한 듯 울기 시작했다. 쥐어짜는 듯한 오열에 우리의 마음도 미어졌다.

유키는 몇 차례 크게 심호흡했다.

"엄마한테 출석 일수가 모자라다고 말했더니 학교를 못 쉬겠으면 육상부를 그만두고 집에나 빨리 오라고 하더라…. 최근에 할머니가 많이 안 좋아지셔서 냉장고 안에 있는 조미료를 다 먹기도 하고 새벽에는 화장실 때문에 몇 번이나 일어나기도 해. 그것만으로도 힘이 드는데 제일 힘든 건 어딘가로 나가버리시는 거야. 지금까지 경찰분들이 찾아주신 것만 세 번째야. 그러다 엄마가 할머니를 침대에 묶는 지경까지 돼서…."

유키가 결석한 이유는 대부분 치매에 걸린 할머니가 일으킨 사건들 때문이었다. 학교를 쉬어야 하는 상황만으로도 충분히 속이 상하는데, 그렇게 좋아하던 달리기까지 빼앗겼다. 나는 부당함에 어이가 없어 뭐라 해야 할지 할 말을 잃었다. 다른 아이들도 유키의 이야기를 묵묵히 듣고 있었다. 마치 썩어빠진 고름을 모두 짜내면 원래대로 돌아갈 수 있다고 믿는 듯이.

"지금 이 순간에도 엄마는 할머니를 묶었을지 몰라."
"다른 방법은 없어?"
에미가 그렇게 물어도 유키는 고개를 가로저을 뿐이었다.

"나도 방법이 있었으면 좋겠어. 근데, 엄마는 이럴 수밖에 없대. 치매에 걸리기 전 할머니는 밝고 건강하고 가족들에게 상냥한 분이셨는데…."

"아빠는 안 오셔?"

"다른 지역으로 발령 나서 간 뒤로는 잘 모르겠어. 예전엔 집에 좀 더 자주 왔었는데…."

"엄마가 할머니를 묶어둔다는 거, 아빠는 아셔?"

"모를 거야. 하지만 안다고 해도 아빠는 아무것도 안 할 걸. 아빠는…."

내 질문에 유키는 무언가를 이야기하려다 입을 다물고는 말을 멈췄다.

유키의 아버지에게는 애인이 있었다. 자기 엄마를 간병하는 일을 부인에게 떠넘기고 불륜을 즐겼다는 기사가 사건이 터진 뒤 주간지에 실렸다. 유키는 아마 이 말을 하고 싶었을 테지만 말하지 못했던 이유라면 알 수 있었다. 더 이상 우리에게 자신의 비참함을 드러내고 싶지 않았을 것이다.

"육상부는 그만두기 싫었는데. 아무리 안 좋은 일이 있어도 달릴 때는 잊어버릴 수 있거든. 근데 이걸로 됐어. 할머니가 묶여 있는 시간이 줄어들 테니까."

도카엔에서 생활하는 데는 여러 가지 제한이 있다. 하지만 한번 허락해 준 일을 다시 취소하지는 않았다. 어른들의 사정으로 유키가 달리기를 그만둬야 하는 상황이 너무나도 부당했기에 화가 났다.

"너희 어머니, 네 호의를 이용해 착취하는 거잖아. 너무해."

내가 그렇게 말하자 유키는 눈물을 닦고 등을 쫙 폈다.

"육상부를 관두는 건 괴롭지만 착취 그런 건 잘 모르겠고 난 할머니가 좋으니까 후회하고 싶지 않아."

가족이 없는 나는 '가족이 좋다'는 감정을 알 수 없었다. 그렇게 말해버리면 아무 말도 할 수가 없다.

"고마워. 나 집에 갈게."

우리는 누구 하나 저 멀리 달려가는 유키를 쫓아가지 못했다.

"유키를 위해서 해줄 수 있는 일이 없을까?"

유키가 사라진 복도 끝을 보던 유리카가 말했다. 우리는 유키를 위해 무언가 해줄 수 있는 일이 없을까 고민했다.

결석이 잦고 수업이 끝나면 바로 집으로 가야 하는 유키를 위해 할 수 있는 일.

우리는 당시 가장 유행하던 핸드폰 교환 일기를 쓰기로 했다.

다섯 명이 각자 계정을 만들고 우리끼리만 공유하는 일

기를 썼다. 결과적으로 이 일기가 사건의 계기가 되었다고 해도 어쩔 수 없다. 일기는 우리의 우정과 결속이 훨씬 강해지는 토양도 되어주었기에.

2학년이 된 우리는 9월 초에 있을 수학여행이 제일 걱정이었다.

가나데가 수학여행에 갈 수 있을지 알 수 없었다. 1학년 봄, 학교행사가 있을 때마다 오빠의 상태가 나빠져 참여하지 못한다며 눈물을 흘렸던 가나데. 야외 수업, 축제, 체육대회, 마라톤까지 행사란 행사는 다 쉬었다. 오빠와 가나데는 무관한데도 가나데의 엄마는 오빠의 상태가 나빠지면 가나데에게 학교를 쉬라고 하는 듯했다.

가나데가 쓴 일기의 댓글 창을 채팅처럼 쓰고 있다가 수학여행 이야기가 나왔다. 가나데는 이번에도 못 갈 것 같다며 거의 포기한 상태였다.

【아사미】 가나데 오빠, 아무리 생각해도 일부러 그러는 거 아냐? 부모님은 왜 그걸 받아줘?
【가나데】 나는 오빠 몫까지 건강하게 태어났으니 참아야 한대.

【아사미】 진짜? 네가 건강한 걸로 왜 죄책감을 느껴야 하지?

내가 분노에 차서 글을 쓰자 항상 그랬듯 에미가 말렸다.

【에미】 아사미, 마음은 알겠는데 말이 지나쳐. 그보다 가나데가 수학여행을 갈 방법이 없을까.
【유리카】 수학여행이 아니라 우리 집에서 파자마 파티 한다고 거짓말하는 건 어때?
【유키】 오빠는 파자마 파티를 더 방해할 것 같아.
【유리카】 아. 그렇구나. 흠. 어렵네.

거짓말을 한다면… 어떻게 해야 가나데가 수학여행을 갈 수 있을까? 나는 한 가지 방법을 떠올렸다.

【아사미】 나, 괜찮은 방법이 떠올랐어. 수학여행 날짜를 일주일 앞으로 당기는 건 어때? 행사 일정표나 수학여행 안내문에 있는 날짜를 바꿔서 말하는 거야. 괜찮지?
【가나데】 그러면 그날 나만 수학여행 차림으로 학교에 가는 게 되잖아.

【아사미】 그거야 가나데. 수학여행이 그날이라고 한다면 오빠는 어떻게 나올까?
【에미】 가나데를 쉬게 하려고 뭐라도 하겠지?
【가나데】 아! 그렇구나! 근데 진짜 수학여행 날에 짐을 들고 나가면 안 들킬까?
【아사미】 당일에 안 가져오면 되지. 조금씩 학교에 가져와서 우리한테 맡겨두면 되잖아?
【가나데】 맞네! 그러면 안 들키겠다.

가나데 수학여행 데려가기 대작전은 이렇게 시작됐다. 학교에서 배포한 가정통신문 속 수학여행 날짜를 바꿔 편의점에서 복사했고, 수학여행 안내문을 위조해서 가나데만 들고 다니게 했다. 책가방에 들어갈 만한 짐은 여행 당일 가나데가 가지고 오기로 하고 그 외에 다른 짐은 우리가 나눠서 받았다. 문제는 여행 가방이었는데 이건 유리카가 깔끔하게 해결해 줬다.

"괜찮으면 우리 집에 있는 여행 가방 빌려줄게. 마음에 드는 거 골라봐."

유리카는 가족끼리 해외여행을 자주 가서 안 쓰는 여행 가방이 몇 개나 있었다. 가나데는 유리카가 일기에 올린 사진 중 노란색 여행 가방을 골랐고, 유리카는 여행 당일 자기 가방과 가나데가 쓸 빈 가방을 가지고 오기로 했다. 준비는 순조롭게 진행됐고 드디어 수학여행 일주일 전이 되었다. 우리가 위조한 안내문에 적은 날이었다.

역시나 그날 가나데는 오빠 때문에 학교에 오지 못했다. 이것으로 어른들을 속였다는 우리의 죄책감은 조금 덜어졌다.

그리고 일주일이 지나 수학여행 당일이 되었다.

가나데는 비행기가 뜨기 직전 엄마에게 '수학여행 다녀오겠습니다'라는 문자를 보냈다. 신치토세공항에 도착한 뒤 가나데의 엄마는 수화기 너머 우리에게까지 들릴 정도로 소리치며 가나데를 혼냈지만, 거리가 거리인 만큼 홋카이도에서 다시 돌아오게 하진 못했다.

나는 가나데를 수학여행에 데려왔다는 승리감에 취했다. 가나데를 괴롭히는 상황에서 빼냈다는 뿌듯함도 있었다. 네 사람을 위해서라면 뭐든지 할 수 있었다.

내 안에 줄곧 자리 잡았던 '불안함'은 네 사람 덕분에 거의 사라졌다.

숙소는 커다란 리조트 호텔이었다. 한 방에 두 명씩 들어가는 넉넉한 크기였지만 우리는 소등 시간이 될 때까지 에미와 가나데의 방에 모여 있었다. 학교 방침으로 잠옷이 노시부쿠로인 건 안타까웠지만 까르르거리며 사진을 찍었다. 에미는 침대에서 뒹굴거리고 있었다.

"나, 진짜로 수학여행 기대했거든. 가나데도 함께 올 수 있어서 정말 다행이야. 아사미의 아이디어는 정말 최고였어!"

"에미가 수학여행을 기대했다고? 그렇게 안 보였는데. 뭐가 제일 기대됐어?"

내가 그렇게 묻자 묘한 정적이 흘렀다. 에미는 옅게 미소를 지었다. 어딘가 애절하면서 슬픔을 머금은 듯한 미소. 에미는 가끔 그런 표정을 지었다. 그럴 때마다 에미가 무슨 생각을 하는지 알 수가 없어서 항상 불안했다.

"이렇게 다 같이 노는 걸 기대했지."

"설마 그게 다는 아니지?"

"아-사-미-. 또 말이 심해요."

그렇게 말한 사람이 가나데라서 놀랐다.

"미안. 에미."

에미는 대답이 없었다.

"에미?"

옆에 있던 유키가 에미를 흔들었다.

"잠들었어. 실은 자는 걸 제일 기대했나 보네."

유키의 말에 우리는 킥킥 웃다가 가나데를 제외하고 각자 방으로 돌아갔다.

에미가 무엇을 가장 기대했는지 본인에게 듣는 일은 끝내 없었다.

우리는 그 일은 잊고서 홋카이도에서의 3박 4일을 마음껏 즐겼다.

미시마 마사타카

4

 야마나카호수가 있는 마을은 겨울에 기온이 낮아도 눈이 내리지 않는다. 다만 한번 내리면 잘 녹지 않았다. 그럴 때는 눈보다 얼어버린 도로가 더 무섭다. 도시에서 온 관광객이 아무런 준비 없이 일반 타이어로 이동하다가 미끄러져서 큰 사고로 이어지기도 했다.
 한마디로 야마나카호수의 겨울은 눈이 많이 내리지는 않지만 차가운 추위가 뼛속까지 파고든다는 말이다.
 따뜻한 곳으로 가자고 더 세게 밀어붙였어야 했다.
 아니, 잠깐만. 처음에 이즈伊豆나 가마쿠라鎌倉* 두 후보지가 아닌 피서지가 좋다고 말한 사람이 나였나. 실제로 여름에 이곳에 오면 편안했다. 시원하고 조용하다. 갈 만한 장소가 거의 없다는 게 흠이지만 홈시어터도 사우나도 자쿠지도 바도 있다.

나가고 싶으면 도쿄에서 가면 됐다.

지금까지는 추운 계절에 이곳에 올 일이 없었다. 그래서 수도꼭지를 틀어놔야 수도관이 얼지 않는다는 지식도 없었고, 난로로 난방한다는 사실을 알고는 있었지만 의식한 적은 없었다. 결국 나는 추위에 달달 떨면서 장작을 마련해야 했다. 날씨가 추워진 뒤에는 모든 게 어긋나고 있다.

아사미가 문제의 블로그를 올린 지 6개월째.

아사미의 시체는 아직 찾지 못했다.

사오리가 말해서 어렴풋이 알고 있었는데 아무리 배우자가 자살한다는 글을 남겼어도 사망이 확인되지 않은 상태, 즉 사망신고를 할 수 없는 상태라면 행방불명이다. 그렇게 되면 재산은 유산으로 처리되지 않아 상속이 수월하게 이루어지지 않는다.

---

* 두 곳 모두 도쿄 근교에 위치한 지역으로 이즈는 온천이 유명하고 가마쿠라는 역사가 깊은 곳으로 알려져 있다.

아사미의 세무사와 이야기한 끝에 내가 아사미의 재산을 관리할 수 있도록 부재자 재산관리인 선임 심판청구서를 제출했다. 어려운 상황이라고 사정사정해 봤으나 아사미가 행방불명된 지 얼마 지나지 않아 아직 재산관리인이 될 수 없었기 때문이다.

당장 현금이 없어 곤란하다고 호소도 해봤지만 어림도 없었다.

세무사가 알고 있는 아사미 명의의 증권 계좌와 은행 계좌에 위임장을 써서 잔액을 조회해 보니 증권 계좌에 있던 증권은 모두 현금화되었고, 은행 계좌에 있어야 할 현금은 골수이식 재단, 난치병 환우 지원, 난치병 의료 발전 사업 등에 전부 송금되어 있었다.

모든 날짜가 처음 글이 공개된 7월 30일 이전이었고 인터넷뱅킹으로 입금 한도액을 꽉 채워 꼬박꼬박 송금했다.

손쓸 만한 곳은 다 찾아봤지만 현금이 없다는 사실만 확인했을 뿐이었다.

세무사는 한숨을 쉬고 말했다.

"지금 이 시점에 빼낼 수 있는 현금은 없네요. 마사타카 씨는 아사미 씨와 사이가 안 좋았나 보죠?"

처음 봤을 때부터 이 세무사는 빈말이라도 느낌이 좋다

고 말하기 어려웠는데, 이때 내뱉은 말과 억양에는 경멸이 담겨 있어 발끝에 있는 힘껏 힘을 주었다.

"결혼하고 10년 가까이 됐으니까요. 사이가 나빴다고 할 정도는 아닌 것 같은데요."

"그런가요. 근데, 과연 그럴까요. 다음 정산 때 아사미 씨 앞으로 이 정도의 소득세와 주민세가 나올 것으로 예상됩니다."

세무사가 메모지에 휘갈겨 쓴 숫자를 보고 나는 기겁했다.

"그리고 매년 고정자산세가 대략 이 정도 나오거든요."

좀 전의 금액을 훨씬 넘어서는 숫자였다.

쓸 수 있는 현금이 없다. 잔액 부족으로 신용카드가 정지된 탓에 신용 등급이 떨어졌는지 중금리의 소액 대출조차 되지 않는다. 예전 같으면 도와주었을 엄마는 하시모토 료스케에게 완전히 세뇌당해 본인의 생활조차 불안한 상황이었다.

"본인이 없는데 세금을 내야 하는 게 좀 이상하지 않나요?"

"무슨 말인지는 압니다. 하지만 아사미 씨의 사망이 아직 확인되지 않았으니 어쩔 수가 없네요."

"만약 내지 않으면 어떻게 되나요?"

"음. 최악의 경우에는 아사미 씨 명의로 된 자산을 압류당하죠."

"그렇다는 말은?"

"별장은 아사미 씨 명의 중에서도 가장 눈에 띄는 자산이니까 그쪽을 압류당할 것 같네요."

가슴이 철렁 내려앉았다. 아사미와 나의 이상을 꾹꾹 눌러 담은 꿈의 집을 뺏기기는 싫었다.

"그럴 수가. 그 집은…."

"그렇죠. 그 집과 이 금액은 균형이 맞지 않죠."

"그럼 어떻게…."

"마사타카 씨 명의로 된 건물을 팔아서 현금을 만드는 건 어떨까요?"

"제 명의로 된 건물을 판다고요?"

"도쿄에 있는 아파트. 그 아파트 명의는 마사타카 씨로 되어 있죠?"

"아!"

아파트는 결혼한 직후 아사미가 원해서 샀다. 아사미는 공동 명의로 하길 바랐지만 엄마가 아파트처럼 큰 물건은 가장의 이름으로 해야 한다고 우겨서 내 명의로 했다.

매매가가 꽤 됐다. 입지가 좋고 자산 가치도 딱히 떨어지지 않았으며 무엇보다 대출이 끝났다.

고로 아파트를 포기하긴 힘들었다. 내가 고민하고 있으니 부아가 치민 세무사가 이렇게 말했다.

"아파트를 파는 대신에 현금을 마련할 다른 방법이 있다면 그렇게 하면 됩니다. 아파트가 마사타카 씨 명의였던 게 오히려 기적일지도 몰라요. 아사미 씨는 마치…."

"마치?"

"당신이 곤란해지길 바라나. 그런 의심이 드네요. 암만 봐도 일부러 현금을 처분한 거 아닌가요?"

수치심에 얼굴이 달아올랐다.

나야말로 아사미가 돈으로 복수한다는 것 정도는 알고 있었다.

나와 사오리 때문에 화가 났겠지.

알고 있다 해도 제삼자에게 지적받는 일은 유쾌하지 않았다. 나는 도망치듯 세무사 사무실을 나왔다.

결국 아파트를 팔 수밖에 없었다. 아무리 고민해도 눈앞에 닥친 돈 문제를 해결할 방법이 그것밖에 없었기 때문이다.

아사미의 시체를 찾으면 전부 해결될 일이지만 경찰 수사는 지지부진하게 이어질 뿐이었고 아사미의 팬들이 한 추리도 믿을 만한 것은 없었다.

아사미의 시체가 보이지 않는다.

간단히 발견될 것 같지 않으니 앞으로도 찾지 못한다고 생각하는 편이 낫겠다.

행방불명되고 3년이 지나야 이혼할 수 있다는 사실을 알았으나 이제 와 그럴 필요가 없어졌다. 사오리는 임신하지 않았고 나와 결혼할 생각도 없으니 지금 바로 이혼할 수 없다 해도 상관없었다.

애당초 3년 후에 이혼하면 아파트를 판 의미가 없어진다.

그럼에도 이 별장이 압류되는 일만큼은 참을 수 없었기에 눈물을 머금고 아파트를 팔았다.

화가 났던 것은 담당 부동산 중개인이 나를 가지고 놀았다는 점이다. 중개인은 당장 내게 현금이 필요하다는 사실을 알고 있는 듯했다. 매입 가격과 자산 가치를 생각하면 거의 헐값에 팔아치우는 수준이었지만 먹고살기도 힘들 지경이라 매각됐을 당시 안심하기는 했다.

그렇게 나는 도쿄에 있는 아파트를 팔고 별장으로 왔다. 별장이 본집이 된 셈이다.

이제 여기서 아사미가 할 수 없게 된 일을 하면 된다.

소설을 쓰는 것이다.

이번에는 내가 소설로 돈을 벌어 여기서 살면 된다.

분명 잘될 것이다.

그렇게 생각했으나 얼마 지나지 않아 별장은 일상생활에는 맞지 않는 곳임을 뼈저리게 느꼈다. 마트도 관공서도 가는 데 반나절이 걸렸다.

이런 불편함은 집중력을 절묘하게 떨어뜨렸다.

그리고 사오리에게서 가끔씩 걸려오는 전화.

아사미가 살인범일지도 모른다는 그 소설은 지금도 블로그에 올라와 있다. 사오리가 너무나도 집요하게 읽으라고 해서 식상할 것 같았음에도 어쩔 수 없이 살펴보았다.

읽은 감상은 한마디로 '의외였다'.

아사미에게 동성 친구가 있었나? 적어도 아사미가 대학생일 때는 주변에 친구라곤 없었다. 만약 사실이라고 해도 아사미의 친구들은 가정에 문제가 있는 애들뿐이었다. 이런 우연이 있을까? 사오리는 논픽션이라고 했지만 나는 아사미가 만든 이야기 같았다.

"사건 관계자로 추정되는 인물이 남긴 댓글을 봤어요."

"그게 무슨 문제가 돼?"

"아뇨. 다만 명예훼손으로 고소한다든가 얘기들이 다 거짓말이든가 이런 식으로 썼더라고요."

"큰일이네."

"그런데 익명으로 써서 설득력은 하나도 없어요."

"그렇게까지 주장하는 사람이 있다는 건 아사미가 쓴 소설이 아사미에게만 진실이라는 뜻 아닐까? 아사미는 평소에 사람의 수만큼 진실이 있다고 했었잖아."

"마사타카 씨, 소설 제대로 읽었어요?"

"읽었어. 좀 너무 극적이던데."

"현실은 소설보다 극적인 법이니까요. 아무튼 그런 사람도 있으니 결말에 따라 출간을 못 할 수도 있다는 게 현재 편집장님 생각이에요."

아파트를 내놓고 나니 교환이라도 하듯 바로 아사미 계좌에 돈이 들어왔다.

"중쇄본 인세겠죠."

세무사가 말했다.

세상을 이렇게 뒤흔들었는데, 아니지, 뒤흔든 결과일까. 아사미의 소설은 연일 화제였다.

블로그에 올라온 소설이 출간되면 그 인세도 들어온다.

내가 소설가로서 수입을 얻기 전까지 돈은 많을수록 좋다. 그래서 사오리에게 어떻게 좀 안 되겠느냐고 물어봤지만 확실하지 않은 답변만 돌아왔다.

지하실에 있는 작업실에서는 집중할 수가 없어서 거실

에 놓인 낮은 테이블에 노트북을 열어두었다. 옆에는 아사미의 민트색 수첩을 펼쳐놨다. 단서가 될 만한 게 없는지 몇 번이고 다시 읽어봤지만 그럴싸한 것은 찾지 못했다.

나는 짜증을 내면서 오랜만에 아사미의 블로그를 열었다. 지금 이런 것에 신경 쓸 때가 아니었다. 드디어 글의 테마를 정했기 때문이다. 서둘러 작업에 들어가야 했지만 사오리가 말한 '명예훼손'이라는 단어가 여전히 신경 쓰였다.

블로그 창을 스크롤하다가 해당 댓글을 찾았다.

소설 내용은 거짓말이다, 허구다, 만들어낸 이야기다, 사실과 다르다는 말을 동일 인물로 보이는 익명의 사람이 계속해서 달았다.

그 댓글에는 안티도 있어서 통쾌했다.

─근거는?

어떻게 거짓말이라고 단정할 수 있을까. 그렇다면 확실한 근거가 있어야 한다.

하지만 이유나 출처를 요구하는 댓글에는 전혀 대답하지 않았다. 답하고 싶지 않겠지. 거짓말이라고 주장하려면 그렇게 말할 자격이 있는 인물임을 밝히는 게 순서겠으나 댓글을 단 사람은 자신이 누구인지 알리고 싶지 않은 듯 보였다.

그러면 그때 죽은 소녀들과 관련된 사건 관계자 중에 이제 와 그 일을 들추고 싶지 않은 인물이라도 있다는 말일까?

잠깐만. 뭔가 이상하다.

그렇게 생각한 순간 인터폰이 울려서 깜짝 놀랐다.

누구지? 현관 모니터를 들여다보니 낯선 남자가 서 있었다. 택배나 등기는 아닌 듯했다. 무시할까 고민하고 있는데 한 번 더 인터폰이 울렸다. 조심스럽게 버튼을 눌렀다.

"네."

"여기가 모리바야시 아사미 선생님 댁 별장 맞습니까?"

"네. 그런데 무슨 일이시죠?"

"그쪽은 아사미 선생님의 남편 되십니까?"

"네, 그런데요. 무슨 일이죠?"

"제가 알아버린 것 같습니다."

"뭐를요?"

"시체가 있는 곳이요. 듣고 싶지 않으신가요?"

"하."

꽤 의심스러운 인물이었지만 호기심이 더 컸다.

현관문을 열어 남자의 풍채를 자세히 살펴봤다. 60대 정도려나? 슬랙스를 입고 있는데 상의는 트레이닝복이다. 어쩐지 교사가 떠오른다. 고등학교 담임이 이런 모습이었다.

"잠시만 기다려 주세요."

나는 테이블에 두었던 노트북을 정리하고 남자를 거실로 불러들였다.

남자는 제멋대로 실내를 두리번거리며 살피더니 내가 안내한 소파에 앉았다.

그러고는 아무 말도 하지 않았다. 침묵을 견디지 못한 내가 가장 궁금했던 것을 물었다.

"아사미의 시체가 어디 있다는 거죠?"

"없어요. 모리바야시 아사미는 살아 있어요."

아사미 뒤에 붙는 '선생님'이라는 호칭이 빠진 데서 불안감이 살짝 커졌다.

"그럼, 어디 있는지 아시나요?"

"여기에 숨어 있다는 메일을 보냈어요."

그렇게 말하고서 남자는 안고 있던 배낭에서 종이 몇 장을 꺼내 내던지듯 테이블 위에 올렸다.

나는 그것들을 살며시 손에 쥐었다. 메일 몇 건을 프린트한 종이였다.

발신자 메일 주소는 처음 보는 것이었다.

첫 번째 메일에 적힌 내용은 하얀 새장 사건 이야기였다. 마지막 메일에는 진실을 폭로당하기 싫으면 별장에 와서 자신과 이야기하라고 적혀 있었다.

솔직히 나는 진실 따위 어찌 되든 상관없고 알고 싶지도 않았다.

다만 이 사람이 진실을 살짝 흘린 것만으로도 여기까지 왔다는 사실과 내가 그 진실을 알고 있다고 오해하는 것 같다는 생각에 등줄기가 서늘해졌다.

슬슬 눈앞에 있는 인간이 무서워지기 시작했다. 무서움을 들키는 순간 죽을 것 같은 공포였다.

"저, 성함을 여쭤봐도 될까요?"

물어본 순간 하지 않는 게 좋았겠다는 생각이 들 정도로 상대는 나를 매섭게 노려봤다.

"이미 알면서 떠보는 겁니까. 당신 같은 인간이 제일 싫어. 당신 부인이랑 똑같이 최악이야."

나는 이제 와서야 사건을 들추고 싶지 않은 인물이 누구일지 생각한 순간을 떠올렸다. 그리고 그때 뭔가 이상하다고 느낀 이유를 겨우 깨달았다. 이 남자는 아마도 지금까지 알려진 사실이 아닌 다른 무언가가 폭로될 가능성을 두려워하고 있는 것이다.

관악부였던 후쿠하라 가나데는 장애가 있는 오빠를 돌봐야 했고 본인은 방치됐다.

육상부였던 야마모토 유키는 엄마에게 할머니를 간병하라는 압박을 받았다.

미술부였던 후지타 유리카는 부모에게 의사가 되라고 강요받았다.

그리고 아사미는 아버지에게 학대받아 가족이나 가정과 인연이 없는 삶을 살았다.

한 명, 네 사람과 균형이 맞지 않는 아이가 있었다.

사사키 에미.

사사키 에미의 아버지는… 교사였던가? 분명 그런 말이 적혀 있었던 것 같다. 고개를 휙 들자 남자가 께름칙하게 웃었다.

"내가 누군지 안 듯한 얼굴이네요. 그럼 이야기가 빠르겠군요. 어서 블로그를 내려주시죠."

"블로그를 막을 수 있었다면 진작에 막았겠죠. 로그인할 수 있는 아이디랑 비밀번호는 아사미만 알고 있어요."

"그러니까 모리바야시 아사미를 내놓으라고! 살아 있는 거 다 알아. 이렇게 나한테 메일을 보내고 있잖아. 이곳에 남편이랑 둘이 있다고 썼잖아!"

"7월 30일 이후의 메일은 아사미가 죽기 전에 썼어요!"

"뭐야 그럼. 어제는 어떻게 보낸 거야?"

"발신 시간을 지정해서 보냈으니까요. 아마 당신이 보낸 메일에는 아사미가 회신을 안 했을걸요? 아닌가요?"

"맞아, 처음에는 내 개인정보를 확인하는 듯한 내용을 주고받았는데 최근에는 그쪽에서 일방적으로 보내기만 했어. 그래서 댓글을 달았지…."

사사키 에미의 아버지 얼굴에서 순식간에 살기가 돌았다.

"안 돼. 안 된다고. 소설이 나오면 안 된다고!"

"왜 안 된다는 겁니까?"

"그러면 안 돼! 모르겠나? 나는, 난 선생이라고!"

사사키 에미의 아버지는 손톱을 물어뜯기 시작했다. 인터폰 모니터에 비치던 차분한 모습은 온데간데없었다. 어느새 그는 내 멱살을 잡고 있었다.

"넌 모리바야시 아사미의 남편이잖아. 블로그를 관리할 수 있잖아!"

"아까도 말했잖아요. 못 해요."

"아냐, 분명 할 수 있어."

사사키 에미의 아버지는 멱살을 잡는 걸로는 성에 안 찼는지 길지는 않지만 잘 벼린 것 같은 날카로운 식칼을 내 목에 갖다 댔다.

"허!"

"당장 다 지워!"

"못 해요."

"그게 말이 돼? 앞으로 올라올 글은 막을 수 있잖아. 잡지나 신문도 고객이 항의하면 기사는 막을 수 있다고!"

"못 한다고요. 아이디랑 비밀번호를 모른다니까요!"

"말 같지도 않은 소리 하지 마! 그럼 안 된다고!"

"대체 뭐가 안 된다는 겁니까? 대체 아사미한테 무슨 약점을 잡혔는데요!"

"몰라."

그럴 리가 없다. 무언가 아주 중요한, 전부를 잃을 수도 있는 비밀이 폭로될 것 같으니까 이런 곳까지 왔겠지.

"저는 못 해요. 아사미가 행방불명되고 나서 그 블로그에 몇 번이나 로그인하려고 했어요. 그런데도…."

뭔가가 번뜩 떠올랐다. 하지만 그걸 사사키 에미의 아버지를 위해 쓸 마음은 생기지 않았다.

"그런데도 다 실패했어요. 아사미가 당신이 생각하는 것과 다른 내용을 썼을 가능성도 있잖아요."

"그럴 리 없어."

"왜 그렇게 단언하죠?"

"믿기 어렵겠지만… 에미가 옛날에 쓴 일기가 인터넷에

올라와 있어. 애들이 자기들끼리만 볼 수 있도록 설정한 일기였지. 모리바야시 아사미는 그 일기를 보라고 메일을 보내왔어."

"하얀 새장 사건을, 혹시 당신 딸이 하자고 했나요? 다 같이 독을 먹자고? 그도 아니면 당신 딸이 애들을 죽였나요?"

"거기까지는 몰라. 그런데 그 일기에는…."

그의 손에서 순간 힘이 빠졌다. 나는 손을 쳐 칼을 떨어뜨리려 했다. 하지만 그는 생각보다 힘이 셌고 우리는 뒤엉켜 싸우기 시작했다.

"앗!"

식칼이 내 볼을 스쳤다. 뺨에 불이 붙은 듯 너무 아파서 나도 모르게 웅크리고 앉았다.

"어서, 빨리, 그 소설을 없애!"

이대로 죽는구나.

그렇게 생각한 순간 내 핸드폰이 울렸다. 당황해서 끄려고 했는데 손이 미끄러지면서 통화 버튼이 눌렸다. 손에서 놓친 핸드폰이 바닥에 떨어졌다. 전화는 스피커폰 모드가 되어 있었다.

"마사타카 씨, 《하얀 새장 속 다섯 마리 새들》이 결말까지 다 올라왔어요. 선생님은 살인범이 아니었어요. 이렇게 되면…. 마사타카 씨? 듣고 있어요?"

사오리의 목소리였다. 전화를 끊은 사람은 내가 아닌 사사키 에미의 아버지였다.

전화를 끊은 그는 식칼을 바닥에 떨어뜨리고는 무릎을 꿇고 주저앉아 짐승처럼 포효하며 울기 시작했다.

나는 식칼을 주워 창문 밖으로 던졌다.

그는 더 이상 공격할 마음이 없어 보였다. 시한폭탄이 폭발해서 더는 어쩔 수 없는 듯했다.

나는 핸드폰을 주워 경찰에 신고하는 척했다.

그 목소리를 들은 사사키 에미의 아버지가 터덜터덜 나갔다.

그가 나가는 모습을 확인하고 현관문을 잠근 나는 그 자리에 쓰러지듯 앉았다.

뒤늦게 공포가 몰려왔다.

죽을 뻔했다.

가만히 있는데도 몸이 조금씩 떨렸다. 추위 탓도 있었다.

도대체 저 남자는 무슨 짓을 했나.

떨리는 몸을 안듯이 문지르며 거실로 돌아왔다. 정리해 둔 노트북을 꺼내 아사미의 블로그를 열었다. '최종화'라고 적힌 제목이 눈에 띄었다.

나는 있지도 않은 무언가를 소리 내 꿀꺽 삼킨 뒤 천천히 《하얀 새장 속 다섯 마리 새들》의 최종화를 읽어 내려갔다.

하얀 새장 속 다섯 마리 새들

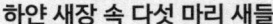

최종화

 히메가미죠가쿠엔 고등학교에 입학한 뒤로 세 번째 봄이 찾아왔다. 위압감까지 느껴지던 로비는 이제 예쁘게 보여 더 이상 그 앞에서도 긴장하지 않게 되었고 우리 사이에서는 완전히 일상적인 풍경으로 자리 잡았다.
 3학년 교실은 4층이 아닌 1층에 있었다. 3학년에게는 이동 시간이 가장 적은 곳을 내준다, 그런 의도인 것 같다. 반은 2학년 때와 똑같아서 나는 올해도 유리카와 같은 반이었다. 다른 세 명도 마찬가지였다. 종례 시간에 개학 다음 날 쳤던 시험의 결과지를 받았다.
 "자, 지금부터 나눠줄 테니까 번호순으로 받으러 나오

도록."

담임 선생님이 그렇게 말하자 학생들이 차례대로 앞으로 나갔다. 나는 출석 번호가 유리카 다음이라 그녀의 뒤에 붙어 따라갔다. 자리로 돌아와 결과를 보니 예상대로였다.

집에 갈 준비를 하고 있는데 앞자리에 앉은 유리카가 뒤를 돌아봤다. 얼굴에는 슬픔이 가득했다.

"아사미, 어땠어?"

"그럭저럭? 너는?"

"그럭저럭이면, 네가 말하는 그럭저럭은 나한테 좋은 점수일 거야. 나는 이걸로 또 과외 선생님이 바뀌겠지. 벌써 몇 번째인 줄 알아? 내 성적이 늘지 않는 게 선생님들 탓도 아닌데."

"유리카, 네가 진짜로 하고 싶은 건 뭐야? 만약 부모님이 너 하고 싶은 대로 해도 된다고 말하면 뭘 하고 싶어?"

"…스트."

"뭐?"

유리카가 들릴 듯 말 듯 말해서 반사적으로 다시 물었다.

"네일리스트가 되고 싶어."

그렇게 말한 유리카의 얼굴은 귀까지 새빨개져 있었다. 진짜 꿈을 말하는 데는 용기가 필요했을 것이다.

"너라면 할 수 있을 거야."

유리카가 미술 시간에 그린 그림은 미술에 문외한인 내가 봐도 눈이 휘둥그레질 정도였다. 여름 축제를 그린 그림은 당장이라도 인물이 튀어나올 듯 생동감이 넘쳤고 꽃다발을 그린 그림은 여기까지 꽃향기가 풍기는 듯했다. 미술 선생님은 항상 유리카를 칭찬했고 축제나 체육대회 같은 학교 행사, 수학여행 안내문에 들어가는 일러스트에도 유리카의 그림이 채택될 때가 많았다. 내가 보기엔 유리카의 재능을 생각하면 네일리스트는 오히려 소박한 꿈이었다.

"고마워. 네가 그렇게 말해주니까 정말 기쁘다. 하지만 난 의사가 돼야 하니까."

이런 이야기를 하고 얼마 뒤 유리카가 미술 시간에 그린 그림이 큰 대회에서 상을 받았다. 2학년 수학여행 때 오타루에서 자유 일정을 즐기던 우리의 모습을 그린 그림이었다. 그림은 액자에 들어가 3학년 교실이 있는 1층 복도에 전시됐다. 나와 유리카의 교실 앞이었다.

"유리카가 없어서 좀 아쉽네."

에미가 그렇게 말하자 유리카를 제외한 모두가 고개를 끄덕였다.

"당연하지. 내가 너희를 보고 그렸으니까. 내가 나를 보진 못하지."

"네 얼굴도 미화해서 그려 넣었으면 딱인데."

유키의 말에 모두가 웃었다. 우리는 그 그림을 좋아했다. 그림을 그린 유리카도 분명 그랬을 거라 생각한다. 그 그림은 지금 어디에 있을까? 혹시 당시 미술 선생님이 보관해 주시진 않았을까? 미술 선생님은 유리카의 재능을 가장 알아주셨으니까. 유리카의 작품을 대회에 추천한 사람도 선생님이었다. 안타깝게도 유리카의 부모님은 그 그림을 떠올릴 일이 없겠지만.

1학기가 끝나갈 무렵이었다.

나는 복도에 준비된 의자에 앉아 교실 앞에서 학부모 상담 순서를 기다리고 있었다. 옆에는 도카엔에서 나온 선생님이 앉아 계셨다. 오늘처럼 진로와 관련된 행사가 있으면 도카엔 선생님이 와주셨다.

"아사미는 고등학교에 간 뒤로 많이 달라졌어."

도카엔 선생님들 모두 웃으며 그렇게 말했다. 아이들을 알기 전 내 모습은 어른들이 보기엔 그저 흘러가듯 사는 면이 있었을지도 모른다. 대학을 생각하고 있다고 말한 날, 도카엔 선생님들은 좋아해 주셨다. 선생님과 소곤소곤 이야기하고 있는데 교실 안에서 고함치는 남자와 날카로운 여자의 목소리가 들려와 몸이 굳어버렸다.

"유리카, 무슨 말이야. 의대에 가기 싫다니!"

"그래! 지금까지 너를 위해 얼마나 애썼는지 알아? 재수하면 되잖아."

그 순간 내 앞에 상담 중인 사람이 유리카라는 사실을 떠올리고 무릎에 올렸던 손을 꽉 움켜쥐었다. 유리카가 힘겹게 진심을 말했는데 유리카의 부모님은 그 마음을 거절했다. 그 상황이 화가 나서 견딜 수가 없었다.

교실 문이 열리자 나는 주먹을 쥔 채 유리카의 부모님 앞을 막아섰다. 그들은 고급스러운 옷차림만으로도 충분히 상대를 제압할 만한 분위기를 풍겼다. 초여름에도 단정히 맨 고급스러운 넥타이와 거부감을 드러내는 듯한 네이비색 투피스. 옷이 무기라는 말을 실감했다. 두 사람은 방금 전까지 화를 냈다는 사실을 숨기려 하지도 않은 채 앞을 막은 나를 의아하게 바라봤지만 나는 애써 미소를 지었다.

"유리카의 아버지와 어머니세요? 혹시 유리카가 그린 그림 보셨나요? 여기 걸려 있거든요."

두 사람은 내가 가리킨 쪽을 봤고 나는 이어서 말했다.

"대회에서 상을 받았어요. 잘 그렸죠? 그 대회는 2년 동안 대상을 받은 작품이 없었다고 해요. 진짜 대단해요."

이 사람들에게는 일본어가 안 통하나? 이런 의심이 들 정도로 기나긴 침묵 끝에 유리카의 아버지가 입을 열었다.

"그럼 그래서 나중에 뭐가 되려고."

내 속은 분노로 뜨거워졌다. 유리카의 아버지가 그림 앞을 지나쳤다. 이어서 유리카의 어머니가 나를 머리끝부터 발끝까지 유심히 쳐다봤다.

"어머, 너 도카엔에 있다는 아이 아니니?"

인생이 불공평하다는 건 기억이란 게 있던 시절부터 아주 잘 알고 있었다. 다만 아직도 내게 그 사실을 알려주고 싶어 하는, 마음이 가난한 사람이 나타나는 현실에 넌덜머리가 났다.

유감스럽게도 유리카의 어머니가 바로 그 마음이 가난한 사람이었다. 나는 가능한 모든 말을 떠올려 되받아치려 했으나 당장이라도 울 것 같은 유리카의 얼굴이 눈에 들어와 어금니를 꽉 깨물었다. 유리카의 어머니는 내 존재 따위 없었다는 듯 아버지의 등 뒤를 쫓아갔다. 유리카가 내 앞에서 손을 모았다.

"미안해, 아사미. 나는 그러려고 한 말이 아니었는데…."

유리카가 어머니에게 한 말 중에 '도카엔'이라는 정보만 받아들인 것이 안타까웠지만 그건 유리카의 잘못이 아니었다.
"다 알아. 나중에 얘기해."
우리 사이에서 '나중에 얘기하자'는 말은 인터넷 일기장에서 대화하자는 의미였다.
천천히 고개를 끄덕이던 유리카는 어머니가 부르는 목소리에 얼굴을 들고 도망치듯 달려갔다. 내가 할 수 있는 일은 유리카의 흔들리는 포니테일을 바라보는 것뿐이었다.

그날 밤, 일기장은 유리카 이야기로 가득했다. 유리카가 댓글을 달지 않아서 혹시 내가 괜한 짓을 한 바람에 부모님에게 혼나고 있거나 과외 시간이 늘어나지 않았을까 걱정이 되었다.
그런 댓글을 주고받고 있는데 에미의 상태가 좀 이상했다. 고작 댓글일 뿐이지만 때로는 그것이 목소리나 표정보다 심경의 변화를 훨씬 잘 표현해 주기도 한다.
누구라도 가끔은 영혼 없이 대답할 때가 있다. 하지만 에미가 '응', '그러네'처럼 흘려듣는 듯한 답장을 반복해서 보내는 일은 있을 수 없었다.
위화감이 두려움으로 바뀌기 시작할 즈음 말을 걸었다.

【아사미】 에미, 무슨 일 있어? 컨디션 안 좋아?
【에미】 응? 왜?
【아사미】 뭔가 집중을 못 하는 것 같아서.
【에미】 아사미 대단하네. 미안해 유리카.

유리카가 나타났을 무렵이었다.

【유리카】 괜찮아. 사과 안 해도 돼. 근데 무슨 일이야?

에미는 우리가 상상도 하지 못한 폭탄을 날렸다.

【에미】 나, 임신한 것 같아.

 우리는 모두 남자 친구가 없다. 여고라는 점도 있었지만 다른 학교 남학생이나 중학교 남자 동창과 적극적으로 교류하는 그룹과는 선을 그었기 때문이다. 슬프게도 우리는 그럴 때가 아니었다. 하지만 누군가 좋아하는 사람이나 남자 친구가 생겼다면 숨기지 않고 공유했을 것이다. 그런 정보도 경위도 없이 갑자기 내던져진 '임신했다'는 말에 나 말고 다른 세 명도 시간이 멈춘 듯 아무 말도 쓸 수가 없었다.

나는 조금이라도 희망이 있기를 바라며 이렇게 썼다.

【아사미】 좋아하는 사람의 아이야?

내 말에 에미는 곧바로 대답했다.

【에미】 아니. 좋아하는 사람 같은 거 없어. 그랬다면 좋았을 텐데. 그냥 죽고 싶어.

네 사람의 머릿속은 각자 에미 뱃속에 있는 아이의 아버지가 누구인가에 대한 궁금증으로 가득 찼다. 나를 제외한 세 사람은 에미가 모르는 남자에게 강간이라도 당했나 의문을 품었을지도 모른다. 세 사람은 아무 말도 쓰지 못한 채 입을 다물고 있었다.
하지만 이때 나는 세 사람과는 다른 무서운 생각을 했다.

【아사미】 우리가 아는 사람이야?

이 질문에는 좀처럼 답이 오지 않았다. 그러나 내게는 오히려 그것이 대답처럼 느껴졌다. 어릴 적부터 도카엔에서 자란 내게 사생활은 거의 없었다. 죽다 살아난 사실도 나만 몰랐을 뿐 다른 어른들과 아이들은 알고 있었다. 내 사생활이 없었다는 말은 반대로 다른 아이들에게도 사생활이 없었다는 말이 된다.

다양한 아이들이 있었다.

사고나 병으로 부모를 잃고 갈 곳이 없어진 아이들도 있는 반면 나처럼 부모에게 폭력과 학대를 당한 아이도, 밥을 주지 않고 굶겨서 죽을 뻔한 아이도 있었다. 그리고 가족에게 성폭력을 당한 아이도.

나는 성범죄가 살인처럼 친족 간에도 일어난다는 사실을 이미 알고 있었다.

【에미】 맞아.

에미가 겨우 대답했을 때 내 몸은 분노로 가득 차 순식간에 열이 올랐다.

나는 에미를 만나기 전까지 우정을 몰랐다. 누군가와 가까워지거나 함께 웃거나 슬픔이나 분노, 고통을 공유하리라고는 생각도 하지 못했다.

난 감정적인 측면에서 확실히 어렸다.

하지만 그렇기에 더더욱 에미에게 상처를 주고 괴롭히는 인간을 용서할 수 없었다.

【아사미】 그 남자 누구야? 내가 그 자식 죽여줄게.

진심이었다. 다른 아이들도 내가 진심으로 한 죽인다는 말을 의심하지 않았을 것이다.

【에미】 아사미! 부탁이니까 제발 그러지 마! 네가 살인범이 되길 원하지 않아!
【아사미】 그 자식 지금도 네 근처에 있지 않아?
【에미】 난 그런 말 한 적 없어.
【아사미】 하지만 맞잖아.
【에미】 미안. 역시 말을 안 했어야 했어.
【아사미】 더 빨리 말했어야지! 난 널 위해서라면 뭐든지 할 수 있어. 내가 할 수 있는 일은 없어?

에미는 내 말에 답하지 않았고 잠시 뒤 유리카가 분위기를 바꿨다.

【유리카】 얘들아, 우리 사건 하나 일으키지 않을래? 나도 이제 한계야. 내가 의사가 될 수 있을 리가 없잖아. 아까 전엔 그동안 모은 네일이랑 그려놓은 도안까지 다 치워버리더라.

【유키】 맘대로 치우다니 너무했다. 우리 집도 여전해. 엄마랑 할머니 둘만 둘 수가 없어서 다른 지역으로 가지도 못할 것 같아.

【가나데】 나는 대학 진학 얘길 했더니 오빠 몫까지 돈을 벌 수 있는 직업으로 정하라더라. 부모님이 돌아가시면 당연히 내가 오빠를 돌봐야 한다면서.

【아사미】 그러면 다 같이 사건을 일으키자. 우리가 얼마나 힘든 상황인지 어필하면 어른들도 조금은 바뀔 수 있으니까. 어느 정도는 놀라지 않을까?

【유리카】 어떤 사건?

내 말을 유리카가 덥석 물었다. 내게서 남자를 죽인다는 생각을 멀리 떨어뜨리려고 빨리 대답한 듯했다.

【유키】 아사미, 죽인다는 말은 취소하는 거다.
【아사미】 응. 마음 같아서는 진짜 그러고 싶지만 참을게.

【가나데】 어떤 사건으로 할까?

【아사미】 집단 자살은 어때?

【유리카】 우리 다섯 명이 다 죽는다고?

【아사미】 진짜로 죽는 건 아니고, 다 같이 자살극을 펼치는 거지.

이야기 끝에 우리는 학교에서 집단 자살극을 벌이기로 했다. 내가 말로 시나리오를 쓴 것과 다름없었다. 결전의 날을 7월 30일로 정한 이유는 학원 여름방학 특강 전이 좋겠다는 유리카의 제안을 따른 결과였다.

우리가 각자 겪고 있는 문제가 얼마나 끔찍한지 알리고 싶었고, 사건이 커져서 주변 어른들이 새파랗게 질린 채 반성했으면 했다.

하지만 진짜로 죽어버리면 의미가 없으니 집단 자살극을 펼칠 장소는 여름방학의 교실로 정했다. 방학이더라도 점심시간까지는 관악부가 학교에서 연습을 하니 음악실에서 교실 앞을 지나 로비로 향하는 관악부 단원이나 담당 교사가 현장을 발견하면 잘못돼서 죽을 일은 없었다.

이렇게 우리는 여름방학이 시작되고 얼마 뒤인 7월의 끝자락에 에미와 유키, 가나데가 쓰는 교실에서 모이기로 했다.

7월 30일은 맑았다. 여름 초입에 보이는 푸르른 하늘에 가슴이 고동쳤다. 나는 아침부터 눈을 찌르는 듯한 강한 햇살과 귀가 먹먹해질 정도로 울어대는 매미 소리를 뒤로하고 학교에서 가장 가까운 편의점으로 향했다.

"아사미, 늦었어."

나를 발견한 가나데가 까치발을 들며 손을 흔들었다. 다른 아이들도 벌써 편의점 앞에 와 있었고 내가 마지막이었다. 편의점에 들어가자 유키가 바구니를 챙겨왔다. 우리는 그 안에 과자와 주스를 넣고 계산대 앞에 줄을 섰다. 계산이 끝나기 직전 유리카가 "아! 잠깐만!"이라고 말하고는 필기구가 나란히 놓인 진열대에서 무언가를 손에 쥐고 돌아왔다.

"얘들아, 이것도 사도 돼?"

유리카가 손에 들고 온 것은 수정 펜이었다.

"괜찮은데. 어디에 쓰려고?"

"전부터 해보고 싶은 게 있었거든."

유리카가 히죽히죽 웃었다.

편의점을 나와 유리로 둘러싸인 로비를 지나서 교실에 들어갔다. 나는 에어컨을 켜려는 가나데를 막았다. 실외기가 돌아가면 지금 여기에 우리가 있다는 사실을 누군가에게 들킬 수도 있다. 계획에 방해가 될 요소는 배제하고 싶었다.

교실 근처 음악실에서 관악부 아이들이 자기 파트를 연습하는 잡다한 악기 소리가 들려왔다. 작전대로였다.

관악부 활동은 정오에 끝난다. 분명 우리를 발견하겠지.

우리는 청소할 때처럼 책상을 전부 뒤로 밀었다. 유리카가 휑해진 바닥에 나는 본 적도 없는 커다란 꽃무늬가 들어간 담요를 펼쳤다. 빨강에 핑크에 노랑에 하양. 다양한 색의 꽃들이 그려져 있어서 마치 교실 바닥 한 면에 꽃밭이 펼쳐진 것만 같았다.

"호오."

우리는 넋을 놓고 감탄했다. 그만큼 엄청난 담요였다.

담요 위 꽃밭 한가운데에 편의점에서 산 과자와 주스를 놓고 둥그렇게 앉았다.

"자살극 하러 온 게 아니라 피크닉 온 거 같네."

에미의 목소리는 무척 밝고 들떠 있었다. 에미만이 아니었다. 모두가, 심지어 가나데도 수학여행을 갔을 때보다 신나 있었다. 나는 그 모습이 사람들을 속이는 일에 대한 흥분이라고 곧이곧대로 믿었다. 그때 내 기분이 그랬으니까.

"나 전부터 너희 핸드폰에 그려보고 싶은 게 있었는데 해도 돼?"

유리카의 물음에 우리는 핸드폰을 건넸다.
"그래서 아까 수정 펜 샀구나?"
"응."
내 질문에 고개를 끄덕인 유리카가 먼저 에미의 핸드폰에 그림을 그리기 시작했다. 유리카는 핸드폰 뒷면에 수정액을 한 방울 톡 떨어뜨리더니 머리핀을 펜처럼 사용해 가느다란 선으로 새하얗고 우아한 새장과 거기서 날아가려는 작은 새 그림을 그려나갔다.
"진짜 멋지다! 수정 펜으로 레이스 느낌이 나게 그릴 수 있구나."
에미가 눈을 휘둥그레 뜨며 놀라워했다. 에미의 칭찬을 받고 부끄러워졌는지 유리카의 뺨이 붉어졌다.
우리는 그림이 완성되기를 기다리는 동안 과자도 먹고 주스도 마시며 시시콜콜한 이야기를 나눴다. 그렇게 하자고 정하지는 않았지만 미리 의논한 것처럼 각자의 고민은 조금도 말하지 않았다.
유리카가 마지막으로 자신의 핸드폰에 그림을 다 그리고 나자 모두의 핸드폰이 일제히 흔들렸다. 같은 시간에 알람을 설정한 것이다.
"작은 새가 날아가는 것 같아."

흔들리는 다섯 개의 핸드폰을 보고 가나데가 웃었다.

각자 자신의 핸드폰 알람을 끈 뒤 유리카가 눈짓을 보내자 모두가 고개를 끄덕였다. 유리카는 가방에서 플라스틱 병을 꺼내 안에 있던 내용물을 손바닥에 나눠주었다. 병 안에 있던 것은 유리카가 자기 집 병원 약품 창고에서 빼내 온 수면제였다.

주스를 다 마신 나는 방금 페트병 뚜껑을 새로 딴 에미의 음료수에 손을 뻗었다. 에미는 내게서 페트병을 숨기듯 슬그머니 떼어놓고는 비닐봉지를 가리켰다.

"아사미, 아직 뜯지 않은 주스 있으니까 그거 마셔."

평소 우리는 병 하나를 돌려가며 마시기도 해서 에미의 행동이 약간 이상하게 느껴졌지만 한 손 가득 쥔 알약을 본 난 순순히 비닐봉지에서 다른 주스를 꺼냈다.

유리카가 수면제를 다 나눠주자 우리는 각자 음료수를 들고 서로 눈빛을 교환한 뒤 손에 가득한 수면제를 동시에 털어 넣었다. 이렇게 대량으로 약을 먹는 것은 처음이다 보니 알약이 달라붙어 목 안이 막혀왔고 그것들을 주스로 간신히 넘겼다.

에미가 많이 힘들어해서 괜찮냐고 물어보고 싶었지만 에미는 캑캑거리면서도 약과 음료수를 전부 넘기고는 몇 초

사이에 유리카가 펼친 담요 위로 쓰러졌다.
 뭔가 모습이 이상하다.
 곧장 에미 옆으로 다가가 얼굴을 갖다 댔다. 다행히 숨을 쉬고 있어서 안도했다. 나도 서서히 잠이 오는 걸 보니 에미는 약이 잘 드는 편인가 보다. 조금씩 시야가 좁아지는 느낌이 들었다. 가늘어지는 시야 사이로 거품을 내뿜더니 무릎을 꿇으며 풀썩 쓰러지는 유키의 모습과 그 자리에서 천천히 엎어지는 유리카의 모습이 보였다. 가장 이상한 사람은 가나데였다. 가나데는 목을 긁으며 그 자리에 웅크린 채 담요 위를 기어다니듯 몸부림쳤다. 마치 살충제를 맞은 벌레 같았다.
 수면제를 조금 더 많이 먹었을 뿐인데 대체 왜?
 뭔가 이상해.
 나는 몸부림치며 괴로워하는 가나데에게 가려 했으나 발이 젤리가 된 것처럼 흐물거리기만 하고 힘이 들어가지 않았다.
 "가… 나… 데…."
 시야가 어두컴컴해졌다.

 수면제 과다 복용으로 위세척. 여고생 다섯 명, 집단 자살인가.

　신문과 주간지에 이런 타이틀로 걸리면 좋겠다고 생각했다. 실제 타이틀도 이런 느낌이었다. 예상했던 대로 교실에서 쓰러진 우리를 발견한 사람은 관악부 단원 중 한 명이었고, 곧바로 담당 선생님이 구급차를 불러주신 듯했다. 계획대로 발견된다면 죽을 일은 없었다. 우리는 치사량의 수면제를 먹지 않았다. 이건 어디까지나 자살극이고 눈을 떴을 때 모두의 인생이 조금이라도 달라지면 되는 일이었다.
　그러면 되는 일이었는데….
　병원에서 눈을 뜬 사람은 나뿐이었다.
　하얀 천장이 시야에 들어온 순간 성공했다고 생각했다. 나는 최대한 빨리 다른 아이들이 무사한지 알고 싶었기에 머리맡을 더듬어 간호사를 불렀다. 다급히 달려온 간호사에게 물었다.
　"저기, 다른 애들은요?"
　젊은 간호사는 괴로워하며 말했다.
　"구조된 사람은 너뿐이야."
　"네?"
　"살고 싶어도 살 수 없는 사람이 얼마나 많은데 아직 어리고 건강한 너희들이 이런 일을 벌이다니…."

뒷말은 참은 것 같았으나 간호사는 분명 내게 화를 내고 있었다. 하지만 나는 그걸 듣고 있을 때가 아니었다.

모두가 죽었다고? 왜?

아이들을 만나고 싶다고 했지만 간호사가 이미 가족들이 다 데려갔다고 해서 어찌할 수가 없었다.

간호사에게 들은 말을 믿지 못한 채 하루가 지나고 다음 날 형사가 조사를 하러 왔다. 옷에서 담배 냄새가 나 속이 울렁거렸다.

"집단 자살을 하자고 말을 꺼낸 사람이 누구지?"

"저예요. 자살극을 하자고 했어요."

이 대답 때문에 나는 이후 사건의 주동자 취급을 받았고 혼자 살아남은 것처럼 꾸미고는 일부러 네 사람을 죽였다는 의혹을 샀다.

같은 말을 몇 번이고 반복하는데 전화가 울렸다. 형사가 누군가와 통화했다. 잠시 후 전화를 끊은 형사의 태도가 확연히 부드러워졌다.

"아무래도 네가 범인은 아닌 것 같구나."

"무슨 말이에요?"

"걔들은 너와는 다르게 진짜로 죽을 준비를 했어."

"진짜로 죽을 준비라뇨?"

"다들 수면제 말고 다른 약을 먹었어. 사사키 에미는 고농도의 술을 마셨다는구나."

몸이 서늘해진다. 그때 느낀 위화감은 틀리지 않았다. 에미가 내게서 자기 음료수를 멀리 떨어뜨리고 심하게 숨막혀 했던 이유는 내용물이 주스가 아니었기 때문이다.

"야마모토 유키는 치사량이 넘는 감기약, 후지타 유리카는 네가 복용한 양의 세 배나 되는 수면제를 먹었어. 그리고 안타깝게도 후쿠하라 가나데는 할머니 집에 있던 농약을 마셨고."

가나데의 모습이 이상했던 이유를 안 시점에 그런 말은 아무런 위로도 되지 않았다. 내 머릿속은 그저 '왜?'로 가득했다.

"아마도 너 모르게 다른 아이들은 정말로 죽을 생각이었나 보구나."

형사가 그렇게 말하자 가슴이 찢어질 것 같았다. 꽃밭을 펼치고 유리카가 그린 하얀 새장과 새를 멍하니 바라보다가 함께 수면제를 삼킨 그 순간.

그전까지 즐겁고 평온했던 그 순간. 나만 아이들과 다른 생각을 하고 있었다는 사실을 절대로 인정하고 싶지 않았다.

"저도 죽고 싶었어요."

내가 이렇게 말하자 형사는 무슨 생각을 했는지 생명의 소중함을 설명하기 시작했다. 조금 전에 대화한 간호사와는 비교도 안 될 정도로 아주 얄팍한 말들만 늘어놓아서 내심 어이가 없었지만 열심히 듣는 척했다.

아이들이 수면제가 아닌 다른 약을 먹었다는 이야기는 사건에 영향을 받아 모방하는 사람이 나오면 안 된다는 이유로 자세히 밝혀지지 않았다. 반면에 자살극을 제안한 사람이 나라는 사실은 밝혀졌다. 그래서 형사가 처음에 그랬듯 내가 네 사람을 죽였다는 사람도 있었고 그런 내용을 다룬 기사도 나왔다. 하지만 네 아이가 결국 죽어버린 데 나도 책임을 느끼고 있었기에 뭐라 해도 할 말은 없었다. 내가 '집단 자살극' 이야기를 꺼내지만 않았어도 지금 네 사람은 살아 있었을지 모른다. 죄책감은 날이 갈수록 커졌다. 그와 동시에 애들이 나 혼자만 따돌리고 배신했다는 분노 역시 조용히 모닥불처럼 타올랐다.

아이러니하게도 죽은 아이들의 사정은 처음 계획했던 것 이상으로 각종 매체에 폭로되었다.

가나데는 주변 사람들과 학교 관계자, 그리고 오빠의 주치의로부터 오빠만 바라보는 부모가 가나데에게 오빠를 돌볼 것을 강요했다는 증언이 나왔다. 가나데의 괴로운 상황을 알고 있었으면서 사람들이 아무것도 하지 않았다는 사실이 믿기지 않았다. 가나데의 절망은 내 생각보다 훨씬 깊었다.

유키도 마찬가지였다. 유키의 할머니는 치매에 걸린 뒤 밖으로 나가는 일이 많아졌고 이는 주위에도 꽤 알려졌던 모양이다. 유키가 학교를 쉬면서까지 할머니의 병 수발을 들었다는 것도 주변 사람들은 다 알고 있었다.

유리카의 과외 선생님이었던 사람들과 담임 교사, 미술 선생님으로부터 장래에 대해 고민이 많았다는 증언이 쏟아졌다.

화나게도 에미는 임신했다는 사실만 거론됐다. 임신하고 남자에게 버림받아서 비관했다는 둥 멋대로 상상하고 내뱉는 말들에 신물이 났다. 다른 세 사람의 사정이 낱낱이 폭로된 것과 반대로 가까운 사람에게 당한 성폭력은 이렇게까지 드러나지 않을 수도 있다는 것을 뼈저리게 느꼈다.

나는 병실 텔레비전에 반복해서 나오는 우리에 관한 뉴스를 보며 점점 마음이 차가워졌다. 누구 할 것 없이 제멋대로 이야기하며 네 사람이 죽을 것까지는 없었다고 말했다. 하지만 그 누구도 어떻게 해야 가나데와 유키와 유리카가 집에서 벗어날 수 있었는지는 가르쳐주지 않았다.

설령 에미가 당한 성폭력이 드러났다고 해도 누가 에미를 구할 수 있었을까.

에미 역시 아무도 없었다.

"내가 죽여주겠다고 했는데…."

그날 행동으로 옮겼다면 에미만은 살렸을지도 모른다.

복잡한 감정으로 혼란스러운 와중에 나는 회복해서 퇴원하게 되었다.

퇴원하고 나서도 원래 생활로는 돌아갈 수 없었다. 혼자 살아남은 내 사생활에 매스컴이 발을 들였기 때문이다. 도카엔에도 학교에도 있을 수 없었다.

결국 같은 지역에 있는 다른 시설로 옮기게 되어 전학을 갔다. 사건에서 도망치듯 새로운 생활을 시작할 수밖에 없었다. 하지만 이런 일상이 네 사람이 원하던 삶이었기에 그걸 생각하면 또다시 너무 슬퍼져서 남은 여름방학은 오로지 공부에만 몰두했다.

공부하고 있으면 아무런 생각이 들지 않아서 편했다. 나로 돌아오면 그 즉시 공허함과 죄책감이 가슴속을 헤집었다. 그리고 네 사람에 대한 분노로 속이 까맣게 타들어 갔다. 이제 친구 따위 필요 없어. 이런 식으로 배신당하다니.

이런 식으로 혼자라는 사실을 알게 되다니.

나의 분노는 내게 상처를 냈다.

공허하게 지내던 중 시설에 형사가 찾아왔다. 사건이 있고 한 달이 지나서였다.

시설에 있는 식당으로 불려 가 이야기를 나눴다. 더웠던 걸까. 형사는 시설 선생님이 내주신 보리차를 꿀꺽꿀꺽 소리 내며 마셨다.

"무슨 일이세요?"

"늦게 돌려줘서 미안하구나. 이거 네 거 맞지?"

테이블 위에 놓인 것은 에미와 색깔만 다른 내 핸드폰이었다. 스카이블루.

'히힛. 스카이블루색 하늘에 하얀 새가 날고 있는 것 같네.'

에미가 킥킥 웃으며 내 귓가에 말하던 목소리가 들린다. 추억이 홍수처럼 쏟아진다. 핸드폰을 향해 떨리는 손을 뻗었다. 유리카가 그린 하얀 새가 빛났다. 숨을 쉴 수 없을 정도로 가슴이 아프다.

"고모할머니가 널 도와주시기로 했어."

"네."

사건이 뉴스에 보도되면서 내 존재를 알게 된 고모할머니가 학비를 지원해 주시기로 했다. 예정에도 없던 은혜를 나만 받게 되어 죄책감만 커졌는데 형사는 몇 번이나 정말 다행이라고 말하고는 시설을 떠났다.

형사가 돌아가고 나는 시설 옆에 있는 하천 부지로 향했다.

벌써 쓰르라미가 울고 있었다. 무성해진 잡초 냄새가 물씬 풍겨와 숨이 막힐 듯했다. 잡초의 강한 생명력을 느끼고 더욱 슬퍼졌다. 하천 부지를 내려가 물가 근처까지 다가갔다. 강물이 흐르는 소리가 좋아서 이대로 강 속으로 빨려 들어가고 싶었다. 핸드폰을 열고 전원을 켜 배경 화면으로 설정한 사진을 보았다.

수학여행 숙소에서 찍은 사진이다. 파자마 대신 노시부쿠로를 입은 아이들의 사진. 화면이 보이지 않을 만큼 눈물이 넘쳐흘렀다.

왜 그랬어?

모두에게 묻고 싶었다.

폴더를 닫고 강에 던지려 오른손을 들었다. 몇 번이고 들어 올렸지만 도저히 던질 수가 없었다.

나는 일기를 한 번 더 보기 위해 그 자리에 웅크려 앉아 핸드폰을 열고 로그인했다.

그러고 보니 형사도 매스컴도 우리의 일기에 대해서는 전혀 묻지 않았다는 사실을 깨달았다. 어른들은 이 일기를 보지 않았다.

그리고 앞으로도 발견되지 않겠지.

로그인하자 읽지 않은 글이 네 건 올라와 있었다.

설마….

나는 조심스럽게 맨 위에 있는 글을 열었다.

가나데의 일기였다. 업데이트 날짜는 7월 31일. 사건이 있던 다음 날이다. 네 사람 모두 날짜를 지정해 글을 올렸다.

【가나데】놀라게 해서 미안해. 너희가 이 글을 읽을 때쯤 아마 난 죽었겠지.

엄마도 참고 있으니까 오빠를 위해 좀 더 참으라는 소리를 들었어. 엄마가 오빠를 낳은 뒤 좋아하던 피아노 학원 일도 그만두고 오빠를 키워내야 했던 건 나도 안타까워. 하지만 나는 뭐냐고 물어봤지. 나는 오빠를 위해 낳았대. 그러니까 엄마가 죽으면 당연히 내가 오빠를 돌봐야 한대. 그거까지는 못 하겠더라. 자살극을 벌이자는 이야기가 나왔을 때 그것만으로는 크게 화제가 되지 않을 것 같아서 자살한다면 이날 해야겠다고 생각했어. 미안해.

무서웠지? 그래도 난 적어도 너희들 곁에서 죽고 싶었어. 얘들아 정말 사랑해. 고마워.

'적어도 너희들 곁에서.' 가나데는 어떤 기분으로 이 글을 썼을까. 네 인생은 네 것이라고 더 많이 말해줄 걸 그랬다. 나라면 가나데가 도망칠 방법을 생각했을지도 모른다. 그런 후회가 밀려왔다.

나는 두 번째 글을 열었다.

이번에는 유키였다.

【유키】 모두 무사히 눈을 떴으려나? 놀랐지? 너희들에게 민폐를 끼치지 않았을까 그게 가장 걱정이야. 육상부를 그만둔 날부터 우리 집은 지옥으로 변했어. 물론 할머니가 치매에 걸린 것도 큰일이었지만, 엄마에게 가장 큰 문제는 할머니가 아니라 아빠가 출장 간 곳에서 다른 여자랑 사는 일 같아. 할머니는 아빠의 엄마인데 말이야. 엄마가 할머니한테 한 행동은 치매에 걸린 할머니 때문이 아니라 아빠에 대한 복수였다고 생각해.

분명 나한테도 복수하고 싶었을 거야. 나의 반은 아빠로 이루어져 있으니까. 여름방학이 되기 전 학부모 상담 때 엄마가 '학교를 휴학시키겠다'고 했어. 난 너무 억울해서 아무 말도 할 수가 없었어. 엄마가 진심이라는 것만은 알았지. 언제까지 휴학시킬 거라고 생각해? 할머니가 돌아가실 때까지겠지? 무엇보다 너희와 함께 졸업하지 못하는 건 견딜 수가 없었어.
정말로 미안해. 나도 너희들이랑 더…. 미안해. 그리고 고마워. 다들 정말 사랑해!!!

좋아하는 것도 자기 시간도 어른에게 뺏겨버린 유키. 어른들은 학교마저 빼앗으려 했다. 나는 계속 차오르는 눈물을 닦으며 다음 글을 열었다.
세 번째는 유리카의 일기였다.

【유리카】 너희들 깜짝 놀랐겠다. 얘들아, 담요 너무 예쁘지 않았니?
이게 무슨 소녀 감성이냐 할 수도 있지만 난 죽는다면 만개한 꽃밭에서 죽고 싶었어. 하지만 실제로 그런 곳에서 죽지 못하잖아. 그렇다면 적어도 비슷한 분위기를 내는 곳에서 죽고 싶더라. 너희들 핸드폰에 그림을 그리겠다고 한 건 그렇게라도 너희 곁에 있으면 좋겠다고 생각해서였어. 마음에 들었으면 좋겠다.

최근에 부모님께 의사가 될 수 없다고 진지하게 말씀드렸어. 그랬더니 이번에는 뭐라 하시는지 알아? 의사가 못 된다면 의사랑 결혼하라는 말을 꺼냈어. 그러고는 상대 사진을 엄청 가지고 오셨고. 나이 든 아저씨들만 가득했어. 부모님이 날 소중히 키워주신 건 잘 알아. 하지만 두 사람은 내가 어떻게 하면 행복해질지는 전혀 관심이 없는 것 같아. 이제 지쳤어. 한 번 더 너희들 그림을 그리고 싶었는데. 핸드폰 그림이라도 그릴 수 있어서 정말 다행이야. 모두들 고마웠어.

나는 유리카를 알기 전에 가지고 있던 열등감이 떠올라 부끄러워졌다. 유리카는 본인이 진짜로 원하던 것은 받지 못하고 자랐다.

심호흡한 뒤 마지막 글을 열었다.

마지막은 당연히 에미였다.

【에미】 애들아, 미안해. 아사미는 지금쯤 엄청 화가 나

있겠네. 솔직하게 말하면 아사미가 '죽여준다'고 말했을 때 순간 고민했어. 아사미라면 정말로 해줄 것 같았거든. 그런데 아사미의 미래를 빼앗는다고 생각하니 안 되겠더라. 이렇게 더럽혀진 나를 위해 아사미가 희생하다니, 용서받지 못할 거야. 아빠는 어릴 때부터 내 몸을 자주 만졌어. 항상 욕조에 함께 들어갔는데 그게 당연한 줄 알고 전혀 신경 쓰지 않았어. 중학생 때였나? 연예인 누구였는지는 까먹었는데 성인이 돼서도 아빠랑 함께 욕조에 들어간다는 이야기를 한 사람이 있었어. 그게 반에서 화제가 되고 아이들이 기분 나쁘다길래 '어?'라고 생각했어. 그때부터 갑자기 나한테 하는 행동이 기분 나빠져서 아빠에게 말했더니 엄청 슬픈 듯이 우셨어. 내 거부권은 그때 다 꺾인 듯해.
처음은 중학교 2학년 여름이었던 것 같아. 이제 잘 기억도 나지 않지만 그 무렵 생리를 시작했으니까. 그때 엄마도 집에서 쫓겨나고 집 안에는 아빠와 나뿐이었어. 점점 싫다는 말도 안 하게 됐어. 싫다고 하면 아빠는 내게서 이것저것 뺏어가 버렸거든. 뭔가랑 바꾼다고 하니 무슨 매춘 같다. 점점 그렇게 생각하게 됐어. 참 더럽지. 대학은 가능한 한 멀리 가고 싶었어. 그런데 임신하게 됐고 당연히 수술하라고 할 줄 알았는데 아빠는 "낳으면 되잖아"라고 했어. 아, 그렇구나. 아빠는 나를 이 지옥에 가둘 생각이구나.

아사미가 모처럼 내준 아이디어를 이런 식으로 이용해서 미안해. 하지만 내 진실은 아무에게도 말하지 않았으면 좋겠어. 그리고 아사미, 부탁이니까 살인자는 되지 말아줘. 난 진짜로 너희들이랑 친구여서 행복했어. 이렇게 더럽고 거짓말만 한 나지만 앞으로도 너희들이 나를 친구라고 생각해 준다면 너무 기쁠 거야. 미안해. 너희들을 정말 정말 사랑해. 안녕.

에미에게서 가끔 보이던 우울한 표정은 슬픔과 괴로움과 분노가 꾹꾹 담긴 얼굴이었다. 지옥 같은 곳에서 누구보다 우울했을 에미.

나라면 온 세상을 저주했을 텐데. 나는 오열했다.

나는 누구에게도 배신당하지 않았다.

부모의 사랑을 받지 못한 내가 불행하다고 생각했지만, 누구보다도 자유로웠던 사람은 나였다.

내가 집단 자살극 이야기를 꺼낸 탓에 아이들은 이날을 죽는 날로 정해버렸다. 나 때문에 네 사람을 잃었다.

나는 진짜로 죽지 못해 산 사람이 되어버렸다.

눈물이 마를 새도 없이 계속 흘러내려 머리가 욱신거렸다.

이제 친구는 필요 없어. 죽은 네 사람으로 충분해.

어느새 해가 지고 강물 위에 가득 채워진 아름다운 석양이 내 마음을 쿡쿡 찔렀다. 앞으로 아이들이 없는 세상에서 살아가야 한다. 그것은 무거운 형벌이었고 내가 할 수 있는 유일한 속죄였다.

폴더를 닫고 유리카가 그린 하얀 새를 손가락으로 따라 그렸다.

모두 날아가 버렸다. 나를 남기고.

웅크려 앉아 하염없이 눈물 흘리는 나를, 내 마음처럼 줄어든 하현달만이 내려다보고 있었다.

이케가미 사오리

4

 《하얀 새장 속 다섯 마리 새들》의 최종화가 올라온 직후 한 남자가 죽었다. 사사키 에미의 아버지 사사키 노부오였다. 남겨진 유언을 통해 댓글에 유언비어를 단 사람이 이 남자였다는 사실도 밝혀졌다. 유서에서 아사미가 자신에 관해 썼음을 인정했다.

 사사키 노부오의 죽음으로 블로그는 더욱 화제가 되었다. 편집부에 문의 전화와 메일이 늘었다. 그중에는 전화로 항의하는 사람도 있었지만 대부분은 《하얀 새장 속 다섯 마리 새들》이 언제 출간되는지 궁금해했다.

 출간하려면 수많은 장벽이 기다리고 있다. 실제 사건을

사건 당사자가 썼으니 뛰어넘어야 할 장벽의 높이와 개수는 상상을 초월했는데 그럼에도《하얀 새장 속 다섯 마리 새들》은 출간되어야 했다.

너무나도 슬픈 진실이 담긴 결말과 당시 살아남은 소녀가 모리바야시 아사미였다는 사실은 독자를 끌어당기기에 충분했다.

마사타카도 출간하고 싶다고 했다.

뭐, 마사타카가 그 작품을 출간하고 싶어 하는 이유는 확실했다.

돈이다.

그는 돈을 벌 방법이 없다.

마사타카는 결혼하기 전부터 창작 활동을 한다는 명목으로 일하던 회사를 관둔 듯했다. 그때부터 10여 년간 일을 하지 않았다.

마사타카의 집은 꽤 부유해 보였는데 블로그에 폭로된 대로 엄마가 돈을 탕진해서 더 이상 기댈 수도 없는 모양이었다.

이런 상황에서 제대로 된 인간이라면 곧바로 일을 찾았을 것이다.

하지만 마사타카는 제대로 된 인간이라 보기 어렵다. 도쿄에 있는 아파트를 팔았다는 소문을 들었을 때 그에게 일할 마음이 없다는 것을 확신했다. 나는 선생님에게 협박받아 마사타카가 소설을 쓰도록 격려했지만 그는 결국 아무것도 쓰지 않았을 것이다. 만약 완성했다면 의기양양하게 보여줬겠지.

황금알을 낳는 거위를 잃어버린 지금, 선생님이 지금까지 낳아 온 황금알을 마사타카가 최대한 이용하려는 모습이 훤히 보였다.

속이 안 좋아지는 이야기지만 내 입장도 다르지 않았다.

나도《하얀 새장 속 다섯 마리 새들》을 책으로 만들고 싶고 어떻게든《사이코걸》시리즈의 플롯을 손에 넣어 작품을 완성하고 싶으니까.

새롭게 결의를 다잡았을 무렵이었다. 블로그에 최종화가 올라오고 2주가 지났으니 이제 더 이상 글이 올라오는 일은 없을 줄 알았다. 선생님은 나와 한 약속을 지켜주었다. 평소처럼 정신없이 일하고 있는데 가미나가 편집장이 불렀다.

"사오리, 큰일이야."

"무슨 일이세요?"

"블로그 못 봤어?"

"그 후에 글이 올라왔나요?"

《하얀 새장 속 다섯 마리 새들》의 최종화가 올라왔을 때 나는 더 이상 블로그에 글이 업로드되지 않을 것이라고 생각해 알람을 꺼두었다.

"오늘 아침에. 나도 몰랐는데, 네가 담당하는 고사카 작가가 전화로 알려줬어."

"고사카 선생님이요?"

고사카 미오코 작가는 재작년에 신인상을 받으면서 두각을 드러낸 소설가다. 나와 나이가 비슷해서 이야기가 잘 통했고 일하기도 편한 사람이었다.

"고사카 작가가 아사미 작가 블로그를 읽고 엄청 화를 냈어. 일단 읽어봐."

안 좋은 예감에 얼굴이 새하얘졌다. 아사미 선생님이 약속을 지키지 않았나? 잘 생각해 보면 선생님이 시키는 대로 마사타카에게 소설을 쓰라고 했지만 그는 내 말을 듣지 않았다. 그래서 나와 한 약속을 깼나? 나는 소리가 날 정도로 어금니를 꽉 깨물고 블로그를 읽었다.

> 모리바야시 아사미의 공식 블로그
>
> # 은밀한 머릿속

《하얀 새장 속 다섯 마리 새들》

이 작품이 '하얀 새장 사건'에 대해 제가 알고 있는 진실입니다. 왜 지금까지 사건 당사자라는 사실을 숨겼는지, 왜 이제야 사건에 관해 쓸 마음이 생겼는지 의문을 가진 분들이 많겠죠.

저는 사건 당사자라는 사실을 숨기지 않았습니다.

묻는 사람이 없었기에 말하지 않았을 뿐입니다. 여고생 네 명이 집단 자살한 이야기의 수명은 아주 짧았습니다.

잔인한 사건은 매일 일어납니다. 슬프게도 시간이 흐르면서 이 사건도 점점 묻혀갔습니다. 결국 지금까지 제게 이 사건에 관해 묻는 사람은 아무도 없었습니다.

왜 이제 와 밝힐 마음이 생겼느냐고 물으신다면, 제게 더 이상 남은 시간이 없기 때문입니다.

소설가가 됐을 때부터 죽기 전에는 그때의 일을 소설로 남기고 싶다고 생각했습니다.

제 목숨이 끝나기 전에 어떤 형태로든 남기고 싶었습니다. 제 친구 사사키 에미에게 일어난 일을 알아주길 원했어요. 훌륭하고도 슬픈 친구들의 이야기를, 누구에게도 하지 못했던 이야기를 하고 싶었습니다. 제 독자들이 아이들의 이야기를 알아주길 바랐습니다.

독만 남은 이야기가 됐을지도 모르겠습니다.

하지만 독으로만 치료할 수 있는 독도 있습니다. 소설은 생각지도 못한 지점에서 누군가에게 도움이 될 수 있다고 믿어요.

지금부터는 개인적인 메시지입니다.

I 씨에게.

당신은 어떻게 해서든 나와 업무 관계 이상으로 가까워지려 했습니다. 제 작품을 좋아해 줘서 고마워요. 당신은 제 작품을 읽고 줄곧 제게 관심을 주었죠. 하지만 저는 당신과 친구나 가족처럼 지내고 싶지 않았습니다.

당신은 넘어서는 안 되는 선을 넘었습니다. 다가올 수 없다면 같은 것을 가지고 싶다는 생각은 이해할 수 있습니다. 저는 지나친 동경이라는 감정을 가진 적이 없지만 상상할 수는 있죠. 당신은 저와 가장 가까운 사람이 되고 싶은 나머지 스스로 함정을 파고 그곳에 떨어졌어요.

어떻게 보면 안쓰럽습니다. 어쩌다 그렇게 됐는지 빤히 보이니까요. 왜인지는 당신 스스로 잘 생각해 보길 바랍니다.

공개 처형 같은 형식이라 미안하지만 가장 좋은 방법이 이것뿐이었습니다.

아무리 찾아도 당신과 함께 기획한 시리즈 플롯은 눈에 보이지 않을 거란 사실을 일러두겠습니다.

당신이라면 분명 혈안이 돼서 제 작업실을 다 뒤져봤을 겁니다.

이쯤 되면 '선생님이 플롯을 남기지 않았나?' 하는 의문도 들기 시작했겠죠?

플롯은 있습니다. 하지만 절대로 당신 손에 넘어가는 일은 없습니다.

제 컴퓨터 비밀번호를 알고 있죠? 그것도 꽤나 정상적이지 않다는 사실을 이제 슬슬 알았으면 합니다.

저는 가만히 있었지만 다른 소설가도 그런다는 보장은 없으니까요.

한 번 더 말하지만 아무리 컴퓨터와 작업실을 뒤져도 플롯은 나오지 않습니다. 그만 포기하시길 바랍니다.

그리고 더 이상 제 작품에 관여하지 마세요.

이것이 죽음을 앞에 둔 제가 당신에게 바라는 점입니다.

이렇게 당신에게 뭔가를 남기는 것도 망설였습니다. 당신이라면 이런 내용이라도 제가 유언을 남겼다는 점에서 좋아하지 않을까, 그런 생각까지 했습니다.

그만큼 당신의 행동은 비정상적입니다. 소설가와 동화되고 싶은 듯한데, 그런 바람은 버리세요.

사람과의 거리감을 다시 한번 생각해 보길 바랍니다.

당신은 정말 난감한 사람이지만 제가 말한 임무를 완수해 주기는 했습니다. 그것만은 감사드립니다.

마지막으로,

나의 남편 마사타카 씨에게.

어머니 일로 상담하지 않은 건 미안하게 생각해요. 마사타카 씨와 어머니 사이를 질투했던 것 같아요.

블로그 초반에

'내 시체를 찾아주세요.'

라고 썼는데, 분명 못 찾을 거예요. 내 시체를 찾지 못하면 힘들어진다는 건 잘 알지만 마사타카 씨라면 잘해주리라 믿어요.

그리고 내가 있을 때 하지 못했던 일을 해주세요. 나는 이제 더 이상 할 수 없는 일.

소설을 써주세요.

그동안 마사타카 씨가 쭉 해오고 싶었던 일이라는 걸 알아요. 난 당신이 글을 쓸 날만을 쭉 기다려 왔어요.

안타깝게도 이제 난 마사타카 씨의 작품을 읽을 수 없어요. 하지만 틀림없이 당신 같은 작가를 기다리는 독자가 있을 거예요.

마사타카 씨라면 반드시 성공하리라 믿어요.

이제 내 시체를 찾지 마세요. 내 시체는 절대로 찾을 수 없는 곳에 있어요. 우리는 좋은 부부였다고는 할 수 없을지 모르지만 그래도 함께 살아왔죠.

이 블로그로 마사타카 씨가 제일 많이 놀랐을 텐데.

그것까지도 소재로 이용하세요.

내가 아무 말도 안 하고 죽어서 화가 났겠네요.

미안해요. 그래도 이대로 보내줘서 고마워요.

안녕.

2023년 7월 30일

모리바야시 아사미

이케가미 사오리

5

 불길한 예감으로 새하얗게 질렸다가 블로그를 다 읽고 나서는 새빨갛게 달아올랐다.
 너무하다.
 분하지만 선생님은 역시 대단한 사람이었다.
 나와 한 약속을 지켜주었다. 불륜은 전혀 언급하지 않았다. 나와 마사타카가 불륜 관계란 말은 한 줄도 쓰지 않고 내게 가장 큰 대미지를 입혔다.
 자기 남편과 편집자가 불륜 관계라는 사실을 다른 소설가가 알게 되어도, 그 소설가는 자신의 애인을 뺏기거나 본인 남편이 그 편집자와 바람을 피울까 걱정할 일은 없다.

하지만 편집자가 담당 작가의 컴퓨터 비밀번호를 아는 건 다른 소설가에게도 일어날 수 있는 일이다.

불륜을 했다는 사실보다 비밀번호를 알고 있다는 쪽이 더 무거웠다.

그건 그렇고 선생님은 언제부터 알고 있었을까?

"사오리, 안타깝지만 이게 사실이라면 너의 인간성을 의심받아도 어쩔 수 없어. 진짜 그랬어?"

가미나가 편집장의 질문에 나는 어금니에 힘을 꽉 주고 대답했다.

"사실입니다."

"왜 그런 짓을 한 거야?"

"어떻게든 알고 싶었습니다."

"뭐를?"

"선생님이 누구와 어떤 메일을 주고받는지 알고 싶었습니다."

"그게 네 진심이라면 이런 말을 들어도 할 말은 없겠네."

"…네."

"난 다른 걸 폭로할 줄 알았는데…."

"다른 거라니, 뭐요?"

편집장은 크게 한숨을 쉬었다. 그리고 들어본 적 없는

낮고 굵은 목소리로 말했다.

"사람들 다 알고 있어."

머릿속이 새하얘졌다. 그렇구나. 폭로를 두려워할 정도로 대단한 일도 아니었구나. 그렇게 상황을 받아들였다. 곧바로 부서를 이동하라는 명령이 떨어졌다. 총무부였다. 나는 사직서를 내고 회사를 그만뒀다.

퇴사 후 한 달이 지났다. 나는 선생님의 마지막 글에서 위화감을 느낀 이유를 떠올렸다.

처음 읽었을 때는 충격을 받아서 몰랐는데 몇 번이나 반복해서 읽어도 위화감은 사라지지 않았다.

그리고 위화감이 의혹으로 바뀌었을 때 야마나카호수를 찾았다.

마사타카에게 맞서기 위해서였다.

선생님이 사라진 날은 7월의 끝자락이었다. 벌써 해를 넘겨 2월이 되었다. 겨울에 이 별장에 찾아오는 건 처음이었다. 뼛속까지 얼어버릴 듯한 추위였지만 내 몸은 분노로 부글부글 끓는 듯했다.

별장에 도착해 벨을 누르고 대답을 기다렸다.

시원찮은 목소리였다. 꽤 긴 시간을 기다린 후에야 마사타카가 나타났다.

그의 복장에 나도 모르게 흠칫했다. 머리카락은 푸석푸석하고 회색 보풀이 가득한 스웨트 재질의 상하의는 구깃구깃해서 전에 만났을 때와 같은 사람처럼 보이지 않았다. 볼은 핼쑥해지고 눈 밑에는 다크서클이 생겼다.

"대체 어떻게 된 거예요?"

"아, 집중하고 있었더니. 안으로 들어와."

거실에 들어섰다. 이곳 풍경도 전과는 달라졌다. 공기는 탁하고 테이블과 소파 주변에는 며칠 동안 먹고 마신 흔적들이 방치되어 있었다.

마치 짐승의 소굴에 들어온 듯했다. 이 남자가 일을 안 한 건 물론이고 집안일도 전부 선생님에게 맡겼었다는 사실이 자연스레 떠올랐다.

"창문 좀 열어도 돼요?"

"밖은 추워! 아, 공기청정기를 켤까."

창문을 열고 싶었지만 밖이 추운 것도 사실이었기에 공기청정기를 켜기로 했다.

정리라기보다는 그곳에 있던 물건을 아무렇게나 옮겨 치운 소파로 안내받아 마지못해 앉자 마사타카가 맞은편에 자리 잡았다.

"사오리, 회사는 관뒀다며? 담당이 바뀌었다고 전화가 왔거든."

마치 자기 담당자인 것처럼 말하는 모습에 화가 났지만 꾹 참았다.

"선생님이 올린 마지막 글 때문이라는 걸 알고 말하는 거죠?"

"역시 그랬구나. 그러면 다른 출판사로 가기도 힘들겠네."

"네."

고사카 미오코는 I가 나라는 사실을 SNS에 퍼뜨렸다. 넓고도 좁은 업계에서 내가 갈 곳은 이제 없다.

"출판사도 관뒀고 앞으로 그 업계에서 일할 것도 아니면서 여긴 왜 온 거야?"

되도록 분노가 드러나지 않도록 천천히, 그리고 부드럽게 말을 꺼냈다.

"그 블로그 글은 선생님이 쓰신 게 아니라서요."

순간 마사타카의 눈동자가 흔들렸다.

"아사미가 안 썼다고? 무슨 말도 안 되는 소리야. 우리 둘이 몇 번이나 아이디랑 비밀번호 확인했잖아. 다 아니었고. 열쇠가 없는 집에는 못 들어가지. 안 그래?"

"아이디를 알아냈죠? 그래서 자기 앞으로 된 유서만 직접 수정했어요. 본인에게 불리한 말이 적혀 있었으니까. 제 말이 틀렸어요?"

마사타카가 노려봤다.

"그럴 리가 없잖아? 증거도 없으면서 왜 그런 말을 해."

"증거라면 있어요."

"어디에? 무슨 증거가 있다는 거야?"

"블로그 안에 있어요. 당신도 소설을 쓰죠? 어떻게 정해요?"

"뭐를?"

"표기요. 용어를 어떤 식으로 통일하나요?"

마사타카의 얼굴 가득 물음표가 떠워졌다.

"그건 그때그때 작품 분위기에 따라 달라지지 않을까?"

"맞아요. 상업적인 글이 아니라면 그래도 괜찮겠죠. 그런데 아사미 선생님은 10년 이상 활동한 프로라서 '용어가 통일'되지 않은 적이 거의 없어요."

"용어를 통일한다고?"

내가 무엇을 말하는지 모르는 듯했다.

나는 수첩에 적어둔, 내가 느낀 위화감 목록을 마사타카에게 내밀었다.

"선생님은 소설이 아닌 글에서 '나'라는 표현을 쓰지 않아요. 문장 끝에 마침표를 빠뜨린 적이 없고요. 그리고 선생님은 마사타카 씨 어머니를 '어머님'이라 부르는데 '어머니'라고 되어 있더군요. 다른 것도 더 있어요."

마사타카의 얼굴이 금방 빨개졌다.

블로그에서 느낀 위화감의 정체는 이것이었다. 용어 통일. 선생님이 지키던 규칙과 어긋나 있었다.

"어쩌다 그렇게 된 거겠지."

"변명이 참 궁색하시네요. 마사타카 씨에게 쓴 유서만 용어가 통일되지 않았어요. 다른 사람도 아닌 당신 앞으로 된 유서에만요. 자기 유서만 다시 썼죠? 제 앞으로 보낸 유서를 지울 수도 있었으면서 그러지는 않았어요. 아닌가요?"

긴 침묵이었다.

마사타카는 춥다고 그렇게 싫어하더니 창문을 열고 내게 양해를 구하지도 않은 채 담배를 태우기 시작했다. 그것이 내 질문에 대한 긍정인지 부정인지 알 수가 없어서 몰아붙이기로 결심했다.

"사사키 노부오가 여기 온 건 왜 신고 안 했어요?"

"그걸 어떻게."

"사사키 노부오는 자살하기 전에 쓴 블로그 댓글에서 여기 올 거라고 했어요. 익명이라 생각해서 그랬는지 굉장히 공격적인 말투였죠. 선생님 팬들이 도발하자 거기서 그만했으면 좋았겠지만 친절하게 야마나카호수로 가는 버스표까지 찍어서 올렸어요. 버스표 날짜는 결말이 공개된 딱 그날이었고요. 사사키 노부오는 진실이 드러나기 전에 어떻게든 블로그 업로드를 멈추고 싶었고 그래서 이곳에 왔어요. 맞죠?"

"그래, 왔어."

"협박하거나 죽이려 하지 않던가요? 사사키 노부오는 목숨을 걸고 이곳에 왔을 거예요. 글이 공개된 뒤 자살한 게 부정할 수 없는 증거죠. 블로그를 멈추기 위해서라면 분명 무슨 짓이든 했을 거예요."

"차분한 대화라고 보긴 어려웠지."

"신고는 왜 안 했어요?"

"내가 블로그에 손대지 못한다는 걸 받아들였어."

"그렇게 쉽게 받아들였을 리가 없어요. 어쨌든 당신은 사사키 노부오에게 위협받을 뻔했는데도 경찰에 신고하지 않았죠."

"그랬지."

"이곳에 경찰이 오지 않았으면 해서 신고할 수 없었던 거 아닌가요?"

마사타카는 다시 담배에 불을 붙이려 했지만 라이터는 소리만 날 뿐 불이 붙지 않았다. 결국 쥐고 있던 담배가 부러져 버렸다. 그러자 대놓고 화를 내며 담배를 창문 밖으로 던져버렸다.

"신고할 필요가 없어서였어."

"거짓말이죠? 이제 다 알았어요. 제가 이곳에 온 이유를 아세요?"

"아사미가 쓴 글이 아니라고 말하고 싶어서 입이 근질거린 거 아냐?"

나는 천천히 심호흡한 뒤 말했다.

"저는 아사미 선생님의 시체를 찾으러 왔어요."

마사타카의 얼굴이 눈처럼 새하얘졌다.

틀림없다. 선생님은 이 남자에게 살해당했다.

"내가 아사미를 죽였다고 말하고 싶은 건가?"

"네."

"왜 내가 아사미를 죽여야 하지? 오히려 난 아사미가 죽어서 곤란한데."

"그건 저도 잘 모르겠어요. 하지만 당신이 선생님을 죽였다면 선생님은 당신에게 살해당할 걸 알았을 거예요."

"그럴 리가 없어."

"질문을 바꾸죠. 사사키 노부오는 왜 도쿄에 있는 아파트가 아닌 이곳에 왔을까요? 선생님은 사사키 노부오에게 예약 메일을 걸어놓은 거 아닐까요? 제가 못 하면 남편이 블로그를 수정할 수 있다는 둥 하는 내용을 적었을지도 모르고요. 그리고 당신은 왜 여기 있을까요? 아파트를 팔아야 했던 이유는 선생님이 죽었기 때문이죠. 예전이라면 어머니한테 기댈 수도 있었어요. 결국 선생님은 당신이 이곳에 오도록 손을 쓴 게 아닐까요?"

"말도 안 돼. 우연이야, 우연."

"선생님은 제게 당신이 소설을 쓰도록 격려하라고 하셨어요. 그리고 제게 임신했다고 거짓말도 하게 했어요. 전 지시대로 했죠. 마사타카 씨, 당신은 이혼도 생각했다고 말했어요. 순간 그것 때문에 일이 꼬였나 생각했지만, 그게 전부는 아닐 거예요. 결정적인 일이 있었을 겁니다. 대체 무슨 일로 선생님을 죽였죠?"

"잠깐만 기다려 줘."

마사타카는 그렇게 말하고는 내 앞에서 사라졌다. 드디어 인정할 마음이 생겼나 생각한 순간이었다.

뒤통수에 강한 충격과 통증이 느껴졌다.

반사적으로 통증 부위에 손을 댔다. 손이 새빨갛게 물들었다.

획 고개를 드니 마사타카가 부지깽이를 쥐고 한 번 더 크게 휘두르려 했다. 이번에는 피했지만 언제까지 피할 수 있을지 모르겠다.

난 이 남자 손에 죽겠구나.

공포가 구역질처럼 올라오는데도 이 남자와 조금 더 이야기하고 싶었다. 선생님이 내게 남긴 유서의 내용에 대해 아직 묻지 못했다.

'어떻게 보면 안쓰럽습니다. 어쩌다 그렇게 됐는지 빤히 보이니까요. 왜인지는 당신 스스로 잘 생각해 보길 바랍니다.'

나는 곰곰이 생각했다.

나와 마사타카의 관계는 데이트 강간처럼 시작됐다.

빤히 보인다는 말은 선생님과 마사타카의 관계도 그랬다는 의미가 아닐까. 혹시 선생님의 블로그는 장대한 보복을 위한 계획이란 이름의 작품이 아니었을까?

부지깽이가 두 번 세 번 내리쳐진다. 의식이 희미해지는 가운데 또다시 선생님의 유서 속 문장이 떠올랐다.

'사람과의 거리감을 다시 한번 생각해 보길 바랍니다.'

애석하게도 이제 그 충고를 따를 기회는 찾아오지 않을 것 같다.

알고 싶던 진실도 알아내지 못하겠지. 마사타카가 선생님을 죽인 이유. 그건 대체 무엇이었을까.

'당신은 정말 난감한 사람이지만 제가 말한 임무를 완수해 주기는 했습니다. 그것만은 감사드립니다.'

내가 임무를 완수해…. 아!

무언가를 깨달은 순간, 부지깽이가 한 번 더 내리쳐졌다.

통증조차 멀어진 내 눈앞이 새까매졌다.

미시마 마사타카

5

 이케가미 사오리가 움직이지 않을 때까지 긴 시간이 걸렸다. 먼저 부지깽이로 때린 뒤 목을 조를 생각이었다. 하지만 사오리가 끈질기게 저항해서 조르기를 포기하고 머리만 겨냥해 계속 내리쳤다.

 사오리의 핏방울이 거실에 깔린 장모 러그에 튀었다. 내가 고른 최고급 러그였다. 새하얬다. 아사미는 더러워져서 싫다고 했지만 나는 흰색으로 사고 싶었다. 마음에 들었다. 그랬는데 정말 아사미의 말대로 더러워졌다. 이러면 태울 수밖에 없다.

 "시끄러운 여자야."

더 이상 말할 리 없는 여자를 내려다보았다.

조금 전까지 살아 있던 사람으로는 보이지 않았다. 힘을 잃은 몸뚱이는 놀라울 정도로 작았다.

꽤 귀여웠고 내 타입이었다. 이러쿵저러쿵 말이 많아 시끄러운 게 단점이었지만.

생각해 보면 아사미도 시끄러운 여자였다. 더 나아가면 엄마도 시끄러운 여자다.

아무래도 내 주변에는 시끄러운 여자만 있나 보다. 나는 부엌 구석에 놓인 쓰레기통으로 향했다. 버리려고 쓰레기봉지에 넣어둔 침낭을 꺼냈다. 좀 냄새가 나는 듯하지만 없는 것보다는 낫겠지.

설마 이걸 한 번 더 쓰게 될 줄은 몰랐다. 도쿄 아파트에서 아사미를 옮길 때 사용했던 물건이다. 다시 말해 아사미의 시체가 들어 있던 것이다.

시체를 침낭에 넣은 뒤 여행 가방에 담아 지하 주차장까지 내려갔다. 누구도 수상하게 여기는 사람은 없었다.

아사미를 스토킹하던 사오리라면 아사미가 들어 있던 곳에 넣어졌으니 분명 좋아하겠지. 그나저나 짜증 나는 이야기다. 유서에 의하면 사오리는 아사미에게 다가가려고 나와 잤다는 말이 된다.

속이 무지하게 시커먼 여자다.

밴드 보컬과 사귀고 싶은데 발 디딜 곳이 없으니 베이스랑 사귀어서 보컬에게 접근할 기회를 엿보는 여자와 뭐가 다른가.

사오리는 속이 시커멓고 멍청했다.

만약 정말 그런 짓을 했다면 보컬도 베이스도 여자의 악행을 가만둘 리가 없다. 어떤 형태로든 제재를 당하든가 너덜너덜해질 때까지 이용당한다. 실제로 사오리는 우리 부부에게 놀아났다고 볼 수 있다.

그리고 사오리는 정말로 어리석었다.

진실을 알고 싶은 나머지 너무 떠들었다. 살인범으로 지목당한 사람이 비밀을 아는 인간을 그대로 돌려보낼 리가 없지 않은가.

나는 침낭을 펴서 사오리의 발밑에 씌우고 단번에 끌어올렸다. 중간에 걸리면 시체 밑에 쿠션을 넣어 경사를 만들고 어떻게든 쑤셔 넣었다. 아사미 때보다 훨씬 빨리 넣을 수 있었다. 이제 지하실까지 끌고 가면 더 이상 집 안이 더러워질 일은 없다.

아사미는 사오리의 부모님이 사고로 돌아가셨고 기댈 수 있는 친척도 없다고 했다. 아사미와 비슷한 처지였다. 그래서 사오리가 아사미에게 빠졌는지도 모른다. 안타깝게도 아사미는 사오리에게 전혀 공감을 못 했던 것 같지만.

어찌 됐든 사오리는 회사도 관뒀다. 여기 온다는 사실을 누군가에게 말했을 리 없다. 분명 아무도 찾으러 오지 않겠지. 그것마저 아사미와 똑같다.

시체를 찾지 못한다면, 시체만 찾지 못한다면 사건으로 이어지지 않는다.

침낭을 끌어 옮기다 지하실로 향하는 계단 바로 앞에서 힘껏 밀었다. 내가 금을 낸 사오리의 두개골이 계단 모서리에 부딪치는 소리가 통쾌하게 울렸다.

사오리는 죽으려고 여기에 왔을까? 아니면 아사미가 이곳에 오도록 만들었을까? 뭐가 됐든 지금 나는 블로그를 괜히 수정했다고 크게 후회하고 있다.

만약 사오리가 한 말이 맞다면 마지막 글은 아사미가 쓰지 않았다는 걸 알아채는 인간이 또 나오지 않을까?

그렇게 생각하니 초조함이 몰려와 머리를 쥐어뜯었다. 괜찮아. 사오리가 아사미에게 너무 집착한 것뿐이야. 그리고 아사미는 뇌종양이었잖아. 그러니 평소와 다르다고 해도 이상할 건 없어. 안 이상해! 그렇게 나를 타일렀다.

지금은 수정한 블로그를 생각할 때가 아니다. 빨리 사오리를 아사미처럼 처리해야 한다.

그러지 않으면 난 파멸한다.

그날, 7월 30일. 내가 아사미를 죽인 날.

나는 퇴고한 원고를 아사미에게 읽어봐 달라고 말했다. 마침내 완성한 첫 원고였다. 그 무렵 사오리가 임신했다고 밝혀서 황급히 글을 썼다. 드디어 완성했다는 마음에 많이 들떠 있었다.

나와 아사미 사이에는 아이가 생기지 않았다. 바로 생길 줄 알았는데 결혼하고 10년이 넘도록 아사미가 임신하는 일은 없었다. 특별히 내가 피임을 한 것도 아니었으니 아사미가 아이를 가질 수 없는 몸이라고 생각했다. 설마 아사미가 피임약을 먹고 있을 줄은 몰랐지만 어쨌든 우리 부부에게는 아이가 없었다.

계획이 전혀 없었어도 사오리에게 아이가 생겼다면 그녀와 결혼해서 새롭게 살아가면 그만이었다.

아사미와 이혼한 뒤 사오리와 결혼해서 작가로 생계를 이어간다. 내가 세운 계획은 심플했다.

작가로 먹고살기까지 시간은 걸릴 수 있지만 사오리는 대기업 출판사에서 일했고 손자를 원하던 엄마도 여러 가지면에서 도와줄 것 같았다.

원고는 시작하니 의외로 술술 써졌다. 3개월 정도 투자해 장편을 썼다.

예의상 부탁하는 마음과 내 작품 세계를 보여주고 싶은 마음에 아사미에게 읽어달라고 했다.

"이거 읽고 어떤지 말해줄래?"

작업실에서 뚫어지게 컴퓨터 화면을 보던 아사미에게 프린트한 원고를 내밀자 아사미는 고개를 돌리고 웃었다.

"진짜? 완성했어? 어떤 소설이야? 주제는?"

쉴 새 없이 쏟아내는 질문에 죄책감이 커졌다. 나는 결혼하기 전부터 창작에 전념한다고 하고서 지금까지 아사미에게 받기만 했다.

아사미가 내 뒷바라지를 해온 이유는 내게 기대를 걸었기 때문이겠지.

하지만 작품이 세상에 나오면 나는 아사미의 곁을 떠나 새로운 삶을 시작할 예정이다.

변변치 못한 인간이나 하는 짓을 일반인이 하면 죄책감이 생기기 마련이다.

"읽으면 알아."

"그래. 기대되네."

그때 아사미는 진짜로 기쁘고 즐거워 보였다. 그래서 아사미가 얼른 읽고 자기 담당 편집자 중 한 명을 소개해 줄 날을 기다렸다. 어째서인지 소설을 쓰도록 격려한 장본인인 사오리에게 보여줄 생각은 전혀 하지 못했다.

사오리에게 먼저 첫 작품을 보여주었다면 지금 내가 궁지에 몰리는 일은 없었을지도 모른다.

아사미는 절대로 내게 상처를 주지 않을 사람이라 믿었다. 내가 무슨 짓을 해도 용서했으니까. 돈을 달라고 하는 게 양심에 찔려서 대출받은 빚이 한도액 300만 엔까지 불어났을 때도 군말 없이 내줬다.

"대출은 역시 아닌 거 같아. 신용 등급이 내려가더라고. 앞으로 이 카드 써. 그리고 현금이 필요하면 그냥 말하고. 알겠지?"

그때부터 돈에 대해 신경 쓰지 않아도 돼서 좋았다. 차도 시계도 아사미가 사 주었다. 하지만 그건 아사미가 나보다 일찍 작가로서 성공한 사실에 양심의 가책을 느꼈기 때문이라고 생각했다.

몇 번의 외도도 눈감아 주었다.

상대가 기혼자여서 위자료를 청구받았을 때도 묵묵히 내주었다. 아사미는 나의 외도에는 실로 관대했다.

아니, 곰곰이 생각해 보면 결혼 전 처음 바람을 피웠을 때는 크게 화냈다. 화를 냈다는 말과는 조금 거리가 있으려나. 아사미는 조용히 나와 헤어지고 싶다고 말했다.

아사미의 소설이 큰 상을 받아 화가 나서 그랬다고 했더니 아사미는 얼굴이 새파래져서 자기 집인데도 나를 남겨둔 채 도망치고는 다음 날 아침이 되도록 돌아오지 않았다. 돌아오고 나서는 잘 달래서 상황을 무마했고 그 뒤로는 헤어지지 않고 계속 사귀다가 결혼했다.

여하튼 아사미는 내게 관대했다. 나를 사랑했기 때문이다.

그러니 아사미는 내게 상처 줄 리가 없는 사람이라고 생각했다.

그런데 내 원고에 대한 아사미의 태도는 예상을 크게 벗어났다.

"다 읽었어? 어때?"

"미안. 요즘 좀 바빠서."

그렇게 말하고는 다른 소설을 읽었다. 처음엔 일할 때 필요한 책이겠지 싶어서 참았다.

그러나 2주가 지나도 말할 기미가 보이지 않았다.

지금은 이해가 된다. 내가 원고를 넘겼을 무렵에는 아사미의 병이 이미 심각해진 상태여서 죽음을 생각하고 있었을

지도 모른다.

그때부터 죽을 준비를 한 것이 틀림없다.

아사미가 죽으려 했다는 사실은 블로그에 분명하게 적혀 있다.

그런 상황인데도 아사미는 내 원고를 다 읽고는 나를 작업실로 데려갔다. 그날이 7월 30일이었다.

"어땠어?"

나는 안달이 나서 물었다.

아사미에게 극찬받는 순간을 기다렸다. 설령 이혼하게 돼도 내 작품을 처음으로 읽었다는 사실에 자긍심을 가져도 될 터였다.

하지만 아사미는 내 기대를 실망으로 바꿨다.

"어땠냐고…. 으음. 당신, 이 소설은 누굴 대상으로 쓴 거야?"

"그거야 읽는 사람이지."

"그래? 좀 더 분명하게 설정해야겠어. 그리고 최근에 나온 소설은 읽어? 내 작품은 항상 읽어주지만 그거 말고도 최근에 나온, 그래…."

아사미의 입에서 구체적인 작가의 이름과 책 제목이 술술 나왔다. 모두 나와 비슷하거나 훨씬 어린 작가였는데 내가 불쾌하다고 여기던 녀석들뿐이었다.

"읽은 적 없어. 도대체 그딴 녀석들 책을 왜 읽어야 하는데?"

"그럼 무슨 책을 읽어?"

"그거야, 읽어야 할 책은 많지."

"그래…. 그럼 그 이야기는 여기까지만 하고 솔직히 말해 이 소설은…."

아사미는 쉽게 말을 꺼내지 못했다.

좀처럼 말을 꺼내지 않는 아사미에게 화가 났다.

"솔직히 말해서 뭐?"

아사미는 크게 한숨을 쉬었다.

"전체적으로 구식이야."

"어? 뭐 그런 어정쩡한 의견이 다 있어!"

"그렇게 말할 줄 알고 신경 쓰이는 부분에 빨간색으로 표시해 놨어."

그렇게 말하며 내민 원고를 받아 후루룩 넘겨봤다. 원고는 새빨갰다.

"어디가 구식이라는 거야?"

"제일 큰 문제는 감각이려나. 이 주인공을 인터넷에 돌아다니게 해보면 알 거야."

"뭔 말이야? 알아듣게 말해."

"그래. 말해도 못 알아듣는 게 당신이지. 이 사람이 주인공이 아니라 살해당하는 조연이었다면…. 근데 이 이야기는 미스터리도 서스펜스도 아니잖아. 주인공의 청춘 소설 같기도 하고…."

"왜 주인공을 죽여야 해?"

"꼴 보기 싫으니까."

"꼴 보기 싫어? 어디가?"

"당신이랑 똑 닮아서는 딱 꼴 보기 싫은 애잖아."

"뭐라고?"

"이 주인공, 당신이랑 똑같잖아. 이렇게까지 자신을 투영하다니 놀랍더라. 나르시시스트나 할 법한 행동이잖아."

"지금 나한테 꼴 보기 싫다고 했어?"

"맞아. 당신 꼴 보기 싫은 사람이야. 이 소설 주인공처럼. 그동안 당신한테 묻고 싶었는데, 스스로 꼴 보기 싫은 사람이라고 생각 안 해?"

"내 어디가 그렇다는 건데?"

"일단 성과도 결과도 내지 않고 공부도 하지 않으면서 자신을 천재라고 생각하는 부분이나."

"내가 평범하다고 말하고 싶은 거야?"

"평범하다고 생각했으면 아직 기회라도 있었을 텐데."

"평범하면 뭐 어떻다는 거야."

"적어도 노력은 하겠지? 나처럼."

"그건 평범한 사람들이 하는 넋두리잖아."

이때 나는 처음으로 아사미가 코웃음 치는 모습을 보았다. 얼굴에 확 열이 올랐다.

"그래. 천재는 넋두리 같은 거 안 하지. 근데 천재라고 해도 이렇게 구린 감각은 못 받아들일 것 같은데? 당신은 요즘 아이들도 이상하다고 생각할 가부장 제도와 남존여비 사상을 당연하다 여기고 젠더 그건 뭐냐는 식으로 생각하는 모양인데, 설령 천재라고 해도 진짜 세상 물정 하나 모르는 한심한 인간이야."

"내가 언제 가부장 제도랑 남존여비 사상을 옹호했는데?"

"부부 별성 제도* 반대하지? 제도를 바꾸면 공무원들 작업이 늘어나서 서비스가 나빠지니까 그렇다고 했지? 인권이 걸려 있는데 서비스가 좋고 나쁘고를 의견이라고 말하는 건 최악 아닌가?"

"그건…."

---

* 결혼한 뒤 여자가 남자 성을 따르는 것을 반대하는 제도.

"아, 맞다! 같은 이유로 동성혼도 반대했지."

화가 치밀기 시작했다. 아사미는 언제나 내 이야기를 들어주었다. 그러고 보니 자기 의견은 한마디도 하지 않았다.

"당신 의견보다 인터넷 기사에 달린 댓글을 보는 게 훨씬 나아. 당신은 한심해. 당신 말인데, 주인공은 왜 40대로 설정했어? 당신 나이인 서른셋으로 하면 됐을 텐데."

"괜찮잖아? 불혹의 남자."

"그럼, 상대 여자는 왜 20대야? 이쪽도 불혹으로 하면 됐잖아."

"그건 상관없지 않아?"

"아니지! 사고방식이 이상해. 20대 여성은 어떤 관계든 간에 40대 남성에게 호의를 가질 일이 거의 없어. 더군다나 이렇게 한심한 40대 아저씨랑 사귀고 싶을 리는 절대로 없고. 관심받는 순간 기분 나쁘게 생각해."

'절대로'라는 말에 피가 들끓는 듯했다.

"절대라는 건 없어!"

"그래, 절대라는 건 없지. 하지만 왜 40대로 했는지 이제 좀 알겠네. 주인공은 당신이 그린 이상 속 40대 모습 아냐? 10년 후 자기 모습. 아저씨가 돼도 20대 여자에게 관심받고 싶은 소망을 그린 거 아니냐고."

"너, 내가 우스워?"

아사미는 함박웃음을 지었다.

"우습게 안 볼 이유를 찾아야 할 거 같은데."

"뭐라고?"

"이렇게 하찮은 이야기를 읽은 내 입장이 돼봐. 당신은 10년이 넘도록 누구에게도 방해받지 않을 시간이 있었잖아. 그런데 이게 뭐야? 아, 사오리 씨가 임신해서 급하게 쓴 거야? 그런 게 아니면 지금까지는 왜 안 썼는지 설명이 안 되는데."

"알고 있었어?"

"당연하지. 카드값을 누가 내고 있는데. 그 차를 산 사람이 나라는 거 까먹었어? 내비게이션 기록도 다 남아 있어. 두 사람의 결정적인 순간을 녹음한 파일도 있고."

이 여자는 대체 뭐지.

"알고 있으면서 왜 아무 말도 안 했어?"

"뭘 하든 상관없었으니까."

"날 사랑한 거 아냐?"

내가 사랑이라 말한 순간 아사미는 배를 잡고 웃었다.

"사랑, 당신한테만큼은 듣고 싶지 않은 단어였는데. 난 사랑을 몰라. 알 것 같던 때도 있었지."

"그러면 왜 나랑 안 헤어지는 거야?"

"목적을 위해서."

"목적이 뭔데?"

"당신은 평생, 아니지. 죽어도 모를 것 같으니까 안 가르쳐줄래."

"앞으로 어떡할 건데."

"난 아무것도 안 해. 뭐, 이혼해도 좋은데, 당신, 생활은 어떻게 할 거야? 이런 소설밖에 못 쓰면 절대로 데뷔 못 해. 평범한 사람들은 직접 일해서 처자식을 먹여 살리지만, 당신은 마지막으로 일한 게 언제였는지 기억도 안 날 만큼 오래전이라 재취업도 힘들 텐데."

"다른 편집자한테 보여주면 되잖아?"

"난 더 이상 당신이 창피해지지 않았으면 해. 그만하는 게 좋을걸."

"넌 별로라고 생각해도 나랑 맞는 사람이 있을 수 있잖아!"

"쓰레기를 읽히는 게 어떤 건지 알아? 내 신뢰까지 떨어져. 다른 편집자한테 보여주고 싶으면 스스로 찾아가 보든가 신인상에 응모하면 될 것을, 대체 왜 그런 당연한 행동을 안 하지?"

"쓰레기?"

"그래, 쓰레기. 당신도 항상 내 작품을 쓰레기라 했잖아. 쓰레기 보고 쓰레기라고 하는 게 뭐가 잘못이냐던 당신 대사, 지금 내가 말해도 되지?"

 정신을 차렸을 땐 아사미의 목을 조르고 있었다. 한마디도 더 떠들게 하고 싶지 않았다.

 아사미는 생각만큼 저항하지 않았다.

 내 작품을 쓰레기라고 해서 참을 수가 없었다.

 설마 아사미를 죽일 거라고는 상상도 못 했다. 아사미를 죽이고 싶었던 적은 한 번도 없었다.

 아사미의 숨이 끊어진 뒤 나는 작업실 안을 뱅글뱅글 돌았다. 시체를 어떻게 해야만 했다.

 완전범죄를 노리자. 작가로서 살아갈 미래에 아내를 살해했다는 오명은 있을 수 없었다.

 머릿속에 떠오른 곳은 야마나카호수에 있는 별장이었다. 그곳이라면 시간을 두고 천천히 처리할 수 있었다. 가장 가까운 이웃도 수백 미터는 떨어져 있으니 소음이나 악취가 나도 모르겠지.

 아사미가 지하실에서 사슴을 해부하던 장면을 떠올렸다.

 도끼도 전기톱도 고기 칼도 분쇄기도 만능 다지기도 전부 갖춰져 있다.

안방에 있는 옷장에서 가장 큰 여행 가방을 꺼냈다.

그 언저리에 있던 캠핑 장비 세트에서 침낭을 뺐다.

나도 아사미도 캠핑 같은 건 간 적이 없다. 장비는 아사미가 새벽에 인터넷으로 주문한 상품이었다. 가끔 이렇게 이유 모를 쇼핑을 하는 여자였다.

"미안. 새벽에 원고를 탈고하고 뭐에 씌었던 것 같아."

이러면서 자주 내게 사과했다.

이상한 점은 많았다. 하지만 잘 생각해 보면 그런 모습들은 언젠가 소설 속에 등장했다. 버리지 않고 다 자료로 삼았겠지.

사오리는 아사미의 그런 궁상맞은 면을 항상 높이 평가했다.

아사미의 발밑에 침낭을 걸친 뒤 끌어올렸다. 올린 뒤에야 방향을 바꿨으면 좋았겠다고 후회했다. 죽은 사람의 얼굴이 이쪽을 보는 건 거북했다. 어쩔 수 없이 침낭 주머니를 아사미의 얼굴에 덮었다.

서둘러야 한다. 사후경직이 시작되면 시체가 굳어서 여행 가방에 들어가지 않는다. 이것도 아사미가 취재한 내용을 주저리주저리 말할 때 얻은 지식이다.

나는 시행착오 끝에 아사미를 여행 가방에 넣었다. 뼈가

부러진다는 말이 이런 것인가 생각하며 여행 가방 크기에 맞춰 아사미의 몸을 접었다. 에어컨이 켜져 있어 시원해야 할 작업실에서 나는 땀범벅이 된 채 아사미의 시체와 고군분투했다.

문득 아사미가 한 말이 떠올랐다.

"요즘은 시체만 있으면 범인을 잡는 시대라서 등장인물이 완전범죄를 일으키게 만들기 어려워."

나는 시체만 잘 숨기면 된다며 스스로를 다독였다.

아사미의 시체를 어렵게 여행 가방에 집어넣은 뒤 샤워를 했다.

아사미를 죽였다는 공포가 이제야 올라온다. 절대 들키지 말아야 한다.

아사미와 다툴 때는 저녁이었는데 벌써 자정이 다 되어 간다. 시간이 두 배로 빨리 흘러가는 듯했다. 몸이 무겁다. 가능한 한 빨리 야마나카호수에 가야 했다.

아사미는 사슴을 처리하던 날 상온에 놓인 고기가 썩으려면 시간이 얼마나 지나야 하는지 실험했다. 어느 정도였는지 기억나지 않는다. 분명 아사미는 블로그에 썼을 것이다. 나중에 확인하자. 뭐가 됐든 지금은 한여름이다. 서둘러야 한다.

프라도 트렁크에 여행 가방을 넣었다. 운전석에 올라타 목적지를 설정하고 나서야 핸들을 쥔 내 손이 떨리고 있음을 깨달았다.

눈도 붙이지 못한 채 아사미의 시체 처리를 어느 정도 끝냈다. 지하실 냉동고를 비우기 위해 안에 든 얼음을 부엌으로 옮겼다. 한숨 돌리려고 위스키를 들이켜기 시작했을 때 인터폰이 울려 등골이 서늘해졌다.

사실 그때 아사미를 죽인 걸 누군가에게 들킨 줄 알았다.

모니터를 보고 사오리라는 것을 알았을 땐 불안해야 할지 안심해야 할지 몰라 혼란스러웠다.

'이대로 있다간 선생님이 자살할 거예요!'

사오리에게 그 말을 들었을 때 내 혼란은 최고조에 이르렀다. 아사미는 자살 따위 하지도 않았고 할 수도 없다.

내가 죽였으니까.

흥분한 사오리의 핸드폰으로 블로그를 읽은 나는 스스로에게 화가 나서 견딜 수가 없었다. 자살하려던 인간을 죽이다니, 생산성이 없어도 너무 없었다. 가만히 놔둬도 죽을 사람이었다. 아니지, 애당초 아사미를 죽일 생각은 없었다. 머리를 굴려 생각해 봤지만 몇 번 읽고 나자 아사미의 유서는 내게 유리하게 작용할 듯했다.

 본인이 자살한다고 말했으니 행방불명된 아사미를 내가 죽였다고 의심할 인간은 없을 터였다. 그렇게 생각하자 아사미가 불쌍했다. 내게 살해당했는데 자살한다고 유서를 남겼다. 아사미는 내게 가장 큰 알리바이를 준 셈이었다.

 괜찮아. 시체는 못 찾을 거야. 완벽하게 관리하고 조금씩 처리하면 발견될 리 없어.

 아사미는 단 한 번, 한 통만 공개하는 유서의 관념을 무너뜨렸다. 엄마 앞으로 영상과 글이 올라왔을 때는 속이 부글부글 끓었지만 그와 동시에 나에게 보내는 유서가 있다면 어떤 내용일지 상상해 봤는데 좋은 내용은 아닐 것 같았다.

 사오리는 나보다 훨씬 초조해했다. 만약 나와 사오리의 관계가 폭로된다면 나보다도 사오리 쪽에서 받는 대미지가 클 테니까.

 어떤 연예인이라도 불륜을 저지르면 비난받는 쪽은 남자보다 여자였다.

 다음에는 대체 뭐가 공개될까 궁금했는데 이번에는 그 소설이었다.

 아사미가 살인범일지도 모른다는 의혹은 세상을 발칵

뒤집었다.

그리고 그 소설의 존재로 아사미가 꽤 오래전에 자살하기로 마음먹었다는 것을 알았다. 아사미가 살인범이라 해도 나는 딱히 놀라지 않았겠지만 결국 아사미는 살인범이 아니었다.

아사미의 블로그가 내게 유일한 알리바이이자 걸림돌이 될 수도 있다는 걸 깨달은 시점은 사사키 에미의 아버지인 사사키 노부오가 별장에 왔을 때였다. 사사키 노부오는 내가 블로그에 로그인할 수 있다고 믿었다. 아사미는 사사키 노부오에게 보낸 메일에서 할 얘기가 있으니 이곳으로 오라며 친절하게 별장 주소를 적어놓았다.

사사키 노부오는 진짜로 나를 죽이려 했다.

자신이 딸에게 성폭력을 저질렀다는 사실을 숨기기 위해 살인도 마다하지 않는 사사키 노부오의 이기적인 모습에 소름이 끼쳤지만 사오리가 전화해 준 덕분에 싱겁게 끝났다.

어쩌면 아사미는 사사키 노부오를 이용해 나를 죽이려 했던 것 아닐까.

엄마의 재산을 날린 것도 내 시선을 다른 곳으로 돌리려던 게 아니라 나를 도와주지 못하게 만드는 게 진짜 목적 아니었을까? 자기 자산을 거의 다 현금화해서 기부한 것도 도쿄 아파트를 매각하게 만들어 이 별장에 가두기 위함이었을지 모른다.

그러나 사사키 노부오는 나를 죽이지 못했다. 사사키 노부오는 비밀이 폭로된 뒤 자살했다.

그리고 나는 아사미의 블로그 아이디와 비밀번호를 손에 넣었다.

아이디는 아사미가 사사키 노부오에게 보낸 메일 주소였다. 나는 이 사실을 사사키 노부오에게 알려주지 않았다. 비밀번호는 사오리가 입력한 것이 맞았다.

로그인해 아직 공개되지 않은 글을 확인했다. 사오리를 퇴직으로 몰아넣은 글이었다.

그 글이 진짜 마지막이다.

내가 쓸데없는 짓을 한 이유는 사오리 앞으로 쓴 유서 뒤에 당연히 있을 거라 생각한 것이 없었기 때문이다.

아사미는 내게 유서를 남기지 않았다.

단 한 줄도.

그 사실에 상당한 충격을 받고 동요했다.

그래서 나는 굳이 하지 않아도 되는, 내 앞으로 보내는 유서를 직접 쓰는 큰 실수를 저지르고 말았다.

그 실수를 하필 사오리에게 간파당했다. 용어 통일이라니, 한 번도 생각한 적 없었다. 아사미가 그런 나를 저세상에서 비웃는 듯했다.

이런저런 생각을 하면서 사오리를 간신히 지하실로 옮겼다. 아사미를 옮길 때도 힘들었지만 어떻게든 되겠지. 아사미의 일부는 잘게 나눠 호수에 버렸다. 이제 사사키 노부오도 이케가미 사오리도 죽었으니 이곳에 갑자기 찾아올 인간은 아무도 없을 것이다.
천천히 처리하면 돼.
시체를 지하실 방에 넣은 뒤 피범벅이 된 러그부터 치우기로 하고 거실로 향했다. 그곳은 엉망이었다. 내가 먹고 마신 뒤 어질러놓은 것들도 있었다. 쓰레기를 모아서 버린 후 테이블을 치우고 러그를 걷었다. 얼핏 무언가 시야에 들어와서 몸이 움찔했다. 파노라마 통창 쪽으로 고개를 돌리니 후지산이 눈에 들어왔다.
처음으로 후지산을 보고 등줄기가 서늘해졌다.
'왠지 감시당하고 있는 것 같아.'
그렇게 말하던 아사미의 모습이 자연스레 떠올랐다.
이제 블로그에 글이 올라올 일은 없다. 아이디로 쓰던

메일 보관함에도 남아 있는 예약 메일은 없었다.

그런데 아사미는 정말로 아무것도 남기지 않았을까?

나를 죽이러 오거나 내가 살인범이라고 말하러 오는 인간이 진짜 한 명도 없을까? 나는 매일 아사미의 민트색 수첩을 읽고 있다. 뭔가 놓친 게 없는지 불안이 가시지 않아 의미가 있을 것 같지만 실은 없는 아사미의 메모를 반복해서 읽고 있다.

모처럼 이곳에 왔으니 방해할 인간은 아무도 없을 터인데 소설은 한 줄도 쓰지 못했고, 아사미가 빨간색으로 가득 채운 내 첫 작품을 다시 읽을 마음도 들지 않았다.

어쩌면 지금도 아사미가 감시하고 있는 건 아닐까.

귓가에 아사미의 코웃음 치는 소리가 들리는 듯했다.

문예편집부

 모리바야시 아사미가 자살을 알리는 글을 올린 지 1년이 지났다. 야마나카호수의 별장에서 자살한 미시마 마사타카가 발견된 날이 바로 어제였다.
 마사타카와 연락이 닿지 않자 그의 모친이 별장을 찾았다가 화장실 문고리에 목을 맨 그를 발견했다고 한다.
 "결국 모리바야시 아사미의 시체는 못 찾았네. 플롯의 행방도 수수께끼고."
 출판사의 문예편집부 편집장, 가미나가 스스무는 그렇게 중얼거리며 편집부 데스크 의자에 앉았다. 가미나가는 이 부부와 인연이 있다. 대학교 창작 동아리에서 모리바야시 아사미의 소설을 항상 칭찬해 준 사람이 가미나가였다. 가미나가에게 모리바야시 아사미는 수수께끼 같은 여학생이었다. 항상 혼자서 움직이는데 외로워 보이지 않았다. 무심코 말을 건 이유는 그녀가 들고 있던 책이 마침 얼마 전에 읽은 미스터리였기 때문이다. 그것이 동아리에 초대한 계기였다. 거절할 줄 알았는데 아사미는 동아리에 들어왔다. 그리고 아사미의 재능은 동아리 안에 있는 그 누구보다도 출중했다.

아사미가 미시마 마사타카와 사귀기 시작했을 때 기분이 나빴다는 것은 부정할 수 없다. 가미나가는 마사타카에게서 배어 나오는 나르시시즘이 불쾌했지만 여자들이 그런 점에 이끌린다는 사실도 잘 알았다. 무엇보다 실망한 것은 가장 많이 신경 쓰고 있던 아사미가 다른 여자들과 똑같이 마사타카에게 끌려버린 점이었다. 그럼에도 데뷔작으로 이어진 신인상에 응모할 때 상담도 해주고, 자신이 졸업할 때는 과한 간섭이라고 생각하면서도 마사타카와의 관계를 다시 생각하라고 말해봤지만, 아사미는 결국 마사타카와 결혼했다. 아사미가 결혼하기 전까지는 가미나가가 아사미를 담당했다. 하지만 결혼한 뒤엔 마사타카의 안 좋은 소문을 계속 듣고 있기가 괴로워서 승진하는 시기에 맞춰 아사미의 담당에서 빠졌다. 그 후로도 마사타카에 관한 소문이 들려왔으나 아사미의 활약은 그 이상으로 눈부셨다. 가미나가는 마사타카의 존재가 아사미의 작품에 영향을 끼치지 않는다는 사실을 깨달았다.

그건 그렇고 마사타카는 왜 자살했을까? 가미나가가 아는 마사타카라면 자살할 리가 없다. 게다가 마지막 블로그가 업데이트된 뒤 아사미의 작품은 한 번 더 화제가 되어 인세 수입도 꽤 있었을 테니 돈이 궁해져 자살했다고 보기는 어려웠다. 부인이 자살하고 1년 뒤 남편도 자살. 진짜 자살일까. 아니면 실은 모리바야시 아사미가 살아 있어서 마사타카를 죽였나?

가미나가는 거기까지 생각하고 고개를 저었다. 있을 수 없는 이야기다. 잘 모르는 사실을 어떻게든 이어보려는 건 좋지 않은 습관이다. 가미나가가 업무로 돌아가려고 컴퓨터 화면을 바라봤을 때 팀원 중 한 명이 말을 걸어왔다.

"편집장님, 좀 이상한 우편물이 왔어요."

"이상한 우편물이라니?"

"타임캡슐 편지예요."

"타임캡슐 편지가 뭐야?"

"저도 몰랐는데 10년 뒤까지 날짜를 설정해서 보낼 수 있는 편지인가 봐요."

가미나가는 깜짝 놀랐다.

"보낸 사람이 누구야?"

"미시마 아사미라는데, 아세요?"

가미나가는 짧게 고마움을 표한 뒤 봉투를 받았다.

미시마 아사미는 모리바야시 아사미가 결혼 후에 사용한 이름이다.

떨리는 손으로 봉투를 뜯었다.

안에는 쿠션재로 포장된 USB가 하나 들어 있었다.

가미나가는 그것을 조심스럽게 컴퓨터에 꽂았다.

가미나가 스스무 님께

선배, 지금 어떤 기분일까요? 선배가 어떤 마음으로 USB를 꽂았을지 생각하면 두근거리지만, 이 편지가 선배 앞으로 도착했다는 건 제가 예정대로 마사타카에게 살해당했다는 말이겠죠.

여기까지 읽고 놀라셨나요?

아니면 혼란스러우신가요?

제가 블로그에 자살한다는 의사를 밝혔으니 누구도 살

인 사건이라고 생각하지 않았을 겁니다. 아마 경찰도 행방불명 가지고는 그렇게 움직이지 않았겠죠.
긴 이야기가 되겠지만 천천히 읽어주시면 감사하겠습니다.

저는 인간의 감정이나 제 감정에 이름을 붙일 때 시간이 걸리는 사람이라 줄곧 문제를 뒤로 미뤄왔습니다.
기억나지 않지만 어릴 적 아버지에게 받은 학대의 후유증 같은 것일지도 모릅니다. 그래서 어린 시절부터 인간의 감정과 제 감정을 알기 위해 책을 읽었습니다.
그러다 어느새 스스로 인간의 감정을 상상하거나 이야기를 떠올리게 되었습니다.
하지만 등장인물의 감정을 이해하는 일은 간단한 데 비해 스스로의 감정은 좀처럼 이해하지 못했습니다. 저의 가장 큰 단점이었죠.
한번 알게 된 감정은 차분히 음미하며 확인했습니다.
무슨 말인지 모르시겠죠.
살면서 처음으로 받은 충격은 부모님에게 사랑받지 못했다는 사실이었습니다. 부모에게 사랑을 받지 못해 그런 마음을 이해하는 데 힘이 들었습니다.

그리고 우정.

이것도 그 아이들을… 아니, 사사키 에미를 만나기 전까지 모르던 감정이었습니다.

우리는 추위에 서로 몸을 맞댄 들새들처럼 괴로움과 허무함과 절망을 공유했습니다.

그게 얼마나 따뜻하던지요.

앞으로도 다섯 명이 쭉 함께일 거라고 생각했습니다.

괴로움도 슬픔도 영원히 함께 나눌 수 있다고요. 다시 얻기 힘든 우정이었다고 지금도 생각합니다.

네 사람이 떠났을 때 제가 느낀 절망은 누구도 이해하지 못합니다. 그 정도로 강렬한 감정을 느낄 일은 두 번 다시 없겠지요.

사건이 일어난 날, 집단 자살극 계획을 세울 정도로 벼랑 끝에 선 우리였지만 꽃밭 담요 위에 다섯 명이 둥글게 앉아 있던 순간은 남들이 뭐라 해도 청춘의 한 페이지로 제 마음 깊숙이 남았습니다. 그날은 그만큼 즐거웠어요.

아니, 저만 즐거웠죠.

아이들이 각각 다른 것을 마셨다는 사실을 알았을 때 느낀 경악과 후회를 어제 일처럼 생생히 기억합니다. 한편으로는 행복한 분위기 속에서 죽은 네 사람이 어딘가 부럽

기도 했어요.

그때 누군가 한 명이라도 살아남아 주었다면 제 인생은 달라졌을지도 모릅니다. 네 사람을 잃은 전 빈껍데기가 된 채 대학생이 되었어요. 먼 친척이었던 고모할머니가 '하얀 새장 사건'으로 제 존재를 알게 되었고, 함께 살아주시지는 않아도 학비는 지원해 주셨습니다. 부모와 인연이 없던 저만 아이들이 그렇게 원하던 도쿄에 있는 대학에 가고 독립하게 되었습니다.

저는 기쁨보다 죄책감으로 가득 찼습니다.

그 사건의 목적을 저만 이뤘기 때문입니다.

우리가 처한 상황을 세상에 알려 어른들이 달라지고 각자의 꿈을 이룬다는 목적이요.

네 사람이 세상을 떠난 '하얀 새장 사건'은 연일 뉴스에 전국적으로 보도되었습니다.

그 덕을 저만 보았어요.

만약 사건 이후 고모할머니의 지원이 없었다면 저는 대학에 가지 않았을 겁니다. 금전적인 문제를 혼자 해결할 기력이, 네 사람을 잃은 그때의 저에겐 없었으니까요. 도쿄에 있는 대학에 가고 나서도 저는 친구를 만들 생각이 없었습니다. 몇 번이고 네 사람이 남긴 일기를 읽고 그들의 감정을 떠올렸어요.

그런 저를 창작 동아리에 초대해 준 사람이 선배였습니다. 항상 카페에 혼자 있던 저를 딱하게 봐주셨죠. 마침 읽고 있던 책이 똑같았다는 이유만은 아니었을 겁니다. 저는 눈에 띄는 멤버가 아니었어요. 그저 뒤에서 사람들의 이야기를 듣는 것이 좋았습니다.

이런저런 많은 이야기를 했어요.

마사타카도 그 안에 있었습니다. 동아리 멤버들은 언제나 당당하고 자기 의견을 가지고 있었어요. 저는 그 당시 빈껍데기 같은 상태여서 흔들리지 않는 의견을 가진 사람이 멋져 보였습니다.

모두 반짝반짝 빛나 보였어요. 그 빛에 이끌려 소설을 쓰게 됐습니다. 제가 소설을 쓰고 그것이 동아리 잡지에 실리자 마사타카는 갑자기 거리를 좁혀왔습니다.

기억하시나요? 선배와 제가 둘이서 이야기하고 있으면 끼어들던 마사타카를요. 특히 선배가 제 작품을 칭찬해 주시면 꼭 참견했습니다.

"그런데 나라면 여기를 좀 더 묘사했을 거야"라던가 "이 인물은 소설에 필요한가?"라던가 아무튼 뭐라도 한마디 해야 직성이 풀리는 것 같았습니다. 이때 저는 크게 착각했어요. 제 작품에 관심이 있어서 부족한 부분을 가르쳐 주는 거라고, 호의라고 믿었습니다.

저는 선배 말을 좀 더 들었어야 했어요.

"마사타카 선배가 쓴 글도 읽어보고 싶어요."

제가 부탁하자 마사타카는 이렇게 말했습니다.

"난 습작은 안 보여줘."

그 말을 믿은 저를 지금도 용서할 수가 없습니다. 마사타카는 겨울방학이 시작되기 전 어느 날 취기를 빌려 집에 찾아왔습니다. 몇 번이고 돌아가라 했지만 마사타카는 움직이지 않고 주저앉았어요. 그리고 상황에 이끌려 관계를 가졌습니다.

저는 이때도 제 감정을 잘못 읽어버렸습니다.

방에 들인 사람은 저였습니다. 게다가 조금이지만 마사타카에게 호감도 있던 터라 이대로 마사타카와 사귀는 건 당연하다고 생각했어요.

마사타카와 결혼하고 몇 년 뒤 취재차 심리학자인 곤도 료코 선생님을 만났습니다. 사담을 나누다가 제가 마사타카와 사귀게 된 과정을 농담조로 말하자 선생님의 표정이 급격히 어두워져서 물었습니다.

"선생님, 무슨 일 있으세요?"

"듣기 힘든 이야기일 수도 있는데 괜찮겠어?"

"네, 말씀하세요."

선생님의 눈은 진지했습니다. 몇 번이나 주저한 끝에 이렇게 말씀하셨어요.

"아사미 씨와 남편이 만난 과정 말인데, 난 그게 데이트 강간인 것 같아."

"데이트 강간… 이요?"

"남편은 아사미 씨에게 성교를 동의받지 않고 강요했어. 그건 설령 부부나 연인 사이더라도 강간이 성립돼."

"그럴 리가. 남편은 그런 사람이…"

선생님은 짧게 한숨을 쉬었습니다.

"그래. 그걸 지적하면 여성들 대부분이 지금 아사미 씨와 같은 반응을 보여. 하지만 한 번 더 잘 생각해 보는 게 좋을 거야."

선생님과 이야기했던 내용은 바로 잊어버렸습니다. 제 아둔함을 더 이상 알고 싶지 않았기 때문입니다. 저는 남녀 사이에 일어나는 일이나 부부가 어떤 것인지 몰랐습니다. 하지만 그게 무엇인지 제대로 이해하는 사람은 아주 극소수이지 않을까요?

마사타카와 사귀게 된 후 저는 이걸 만들어주면 기뻐하

겠지, 이걸 해주면 좋아하겠지 등 그가 없을 때 그를 생각하는 일이 좋았습니다. 누군가의 미소나 기뻐하는 모습을 보려고 무언가를 떠올렸을 때 느껴지는 설렘은 저를 편안하게 만들었어요. 그때까지 겪어봤던 '우정'만큼의 감정은 아니었지만 피곤할 때 입에 넣는 초콜릿 정도의 효과는 있었습니다.

다시 앞으로 돌아가서 저와 마사타카의 관계는 상황에 이끌려 시작해 창작 동아리 안에서도 공인된 사이가 되었습니다.

선배는 항상 절 걱정해 주셨죠? 선배는 제가 보지 못한 부분을 보셨어요.

마사타카가 저와 사귄 이유는 연애 감정 때문이 아니었습니다. 마사타카는 선배에게 칭찬받고 싶었던 듯해요. 당시에는 눈치채지 못했고 지금 이렇게 제 입으로 말하는 것도 너무 제 자랑 같아서 부끄럽지만, 선배가 가장 기대한 후배는 저였던 것 같습니다.

적어도 마사타카에게는 그렇게 보이지 않았을까요.

사귀기 시작하면서 제가 사는 원룸을 제집 드나들 듯 오게 된 마사타카는 작품을 쓸 때 옆에서 이것저것 트집을 잡았습니다. 그러면 저는 글을 써 내려갈 수가 없었어요.

그 일에 대해 선배에게 몇 번이나 상담했었죠. 편하게 쓸 수 있도록 마사타카에게 보여주는 글과 마사타카 몰래 쓰는 글을 동시에 진행해 보라고 조언해 준 분도 선배였습니다. 그렇게 마사타카 몰래 장편을 다 썼는데 결국 보여준 적 없는 소설이 있다는 사실을 들키고 말았습니다.

노트북에 USB를 꽂은 채 과외 아르바이트를 하러 가버렸어요. 현관문을 열자 마사타카의 뒷모습이 눈에 들어와 깜짝 놀랐습니다. 집 열쇠를 가지고 있던 마사타카는 책상에 앉아 있었습니다. 그 등줄기에서 뭔가 불안함을 느낀 이유는 몰래 속여왔다는 죄책감 때문이겠죠. 불안함에 놀란 저는 열쇠를 발밑에 떨어뜨렸습니다. 쇠붙이가 찰랑거리는 소리에 마사타카는 천천히 뒤를 돌아봤습니다.

"이게 뭐야? 나한테 보여준 적 없는 거네?"

"맞아. 장편을 써보고 싶었어. 이제 다 써서 보여주려고 했지."

"으음. 그래? 그래서 어떻게 할 건데?"

"어떻게 하냐니?"

"이렇게 긴 글을 동아리 잡지 같은 데는 못 실을 거고, 설마 신인상에 응모라도 하려고?"

"어떻게 할지 딱히 아무 생각도 없긴 한데…"

실은 신인상에 응모할 계획이었지만 마사타카에게 그렇게 말하지 못했습니다.

"그래. 네 소설은 이제부터 시작이니까?"

마사타카가 받아들인 듯해 안도했습니다.

하지만 모처럼 끝까지 썼으니 밑져야 본전이라는 생각에 신인상에 응모했습니다. 그런데 최종 심사 단계에서 출판사로부터 메일이 왔고 저는 패닉에 빠졌습니다.

마사타카가 알면 뭐라고 생각할까.

이 문제도 선배가 해결해 주셨습니다.

선배가 원고 규격에 맞게 고쳐 제 이름으로 응모했다고 말해주신 덕분에 저는 마사타카의 말을 무시하지 않은 걸로 끝날 수 있었습니다.

제가 딱 대학교 2학년일 때 일이었어요.

선배는 그해 봄에 졸업하셨습니다.

"소용없겠지만 한 번 더 말할게. 마사타카랑 헤어져야 해."

선배는 마지막에도 그렇게 말해주셨습니다. 선배 말대로 했어야 했어요. 하지만 당시 저는 마사타카와 함께 있을 때 느껴지던 감정에 빠져 있고 싶었습니다.

마사타카가 없을 때 그가 즐거워할 모습을 상상하는 제

모습과, 마사타카가 말한 대로 해서 얻는 안정감을 계속 느끼고 싶었어요.

롤러코스터 같은 스릴을 즐겼을지도 모릅니다. 제게 이렇게까지 관심을 가진 사람은 죽은 네 사람 말고는 마사타카가 처음이었거든요.

그래요. 지금이라면 마사타카의 관심이 제게 득이 되지 않았다고 확실히 말할 수 있습니다. 하지만 그때는 '관심' 자체를 계속 받고 싶었어요.

그 마음이 한순간에 무너진 건 제가 등단하고 1년이 지나 어떤 상을 받았을 때였습니다.

마사타카는 제가 돌아올 걸 알면서 일부러 제 집에 여자를 들여놓고 돌려보내지 않았어요. 너무나도 말이 안 되는 광경을 목격한 저는 어떻게 해야 할지 몰라 현관에 멍하니 있었습니다.

여자는 당황해서 현관에 서 있던 저와 부딪치며 도망갔습니다.

저는 계속 멍하니 있었어요.

불합리한 상황을 마주하면 저는 머릿속이 새하얘집니다. 그리고 꼼짝도 못 하게 되죠. 마사타카는 한마디 말도 못 하고 미동조차 없는 제게 짜증을 내며 물었습니다.

"수상식, 재밌었어?"

이때 처음으로 마사타카가 제 편이 아니라는 사실을 깨달았습니다.

마사타카는 그날 제가 누릴 최고의 하루를 망칠 생각으로 이런 일을 벌였습니다.

"네 잘못이야."

그렇게 말했고 저는 혼란스러움에서 벗어나고 싶은 나머지 받았던 꽃다발을 현관에 둔 채 집에서 도망쳤습니다. 마사타카에게서 몇 통이나 전화가 왔지만 핸드폰 전원도 끄고 근처 만화 카페에서 밤을 지새웠습니다. 이런저런 생각에 한숨도 못 자다가 다음 날 아침에 이 정도면 갔겠지 싶어서 집으로 돌아갔습니다.

그런데 마사타카는 그때까지도 집에 있었습니다. 제 책상에 앉아 있었어요. 저는 주저하며 그에게 다가갔습니다.

"미안, 이제 집에 가줄래? 그리고 열쇠도 돌려줘."

그렇게 말하자마자 마사타카는 제 발밑에 엎드려 빌었습니다.

"헤어지고 싶어서 그런 거 아니야."

"미안. 난 헤어지고 싶어."

"잘못했어. 네가 멀리 가버리는 것 같아서 외로웠어."

"마사타카 씨는 날 좋아하지 않잖아."

"왜?"

"왜냐고? 당연하잖아. 이런 날 그런 짓이나 하는데."

"그런 거 아니야. 외로웠을 뿐이라고!"

이런 대화를 한참이나 주고받은 끝에 마사타카는 저를 설득하는 데 성공했습니다.

성공은 했지만 그 후 제 안에 있던 감정은 완전히 달라졌습니다.

마사타카가 없을 때 그가 즐거워할 일을 더 이상 떠올리지 않게 되었어요.

그 말랑말랑하고 부드러운 기분은 제게 너무나 소중한 감정이었습니다.

마사타카가 좋아할 법한 책을 발견하거나, 들으면 좋아할 만한 뉴스를 보면 나도 모르게 표정이 풀어지던 그 감각. 저는 그 감각을 놓지 못해서 그때까지 마사타카가 제 소설에 트집을 잡아도 헤어지지 않았습니다.

그 감각을 잃어버리고 나서야 알았습니다.

더 이상 되찾을 수 없는 감정이었어요.

마사타카와 헤어지고 다른 사람을 만나도 누군가를 그런 식으로 여기는 일은 두 번 다시 없을 거라고 생각했습니다. 직접 겪어보지 않으면 또 모르는 일이라고 할 수도 있겠지만 마사타카가 주고 마사타카가 뺏어간 감정을 잃어버렸다는 사실을 절대로 용서할 수 없었습니다.

저는 이 감정을 뺏어간 마사타카에게 복수하기로 마음먹었습니다. 최고의 복수는 마사타카가 계속 저와 함께 지내게 하는 거였죠.

선배에게 인정받지 못했던 마사타카.

작품에 일부러 딴지를 걸어 제 위에 서고 싶었던 마사타카의 본심.

수상식 날을 망치고 싶다는 마음 뒤편에 있는 것.

그건 저에 대한 질투였다는 걸 그제야 깨달았습니다.

그렇다면 가장 가까이서 제 성공을 끝까지 지켜보게 하면 되는 일이었습니다.

마사타카는 제가 소중히 아끼던 감정을 빼앗아 갔지만 그의 존재는 제가 소설을 계속 쓸 수 있는, 최고의 소설을 쓰게 만드는 원동력으로 변했습니다. 아주 큰 힘을 가진 원동력으로요.

한 학년 선배였던 마사타카는 먼저 졸업해서 회사에 다니기 시작했습니다.

사회생활을 하면서 마사타카의 마음가짐이 변하지는

않을까 약간 초조했지만 그는 전혀 변하지 않았습니다.

"시시해서 관뒀어."

고작 반년 만에 회사를 그만둔 마사타카의 푸념을 듣고 머릿속이 정리되었습니다.

마사타카는 존재만으로 최고의 평가를 받을 수 있다는, 근거 없는 자신감에 차 있다는 결론에 이르렀죠.

자기 의지로 그만뒀으면서 이 무렵 마사타카는 굉장히 우울해했습니다.

그리고 어머님이 집으로 찾아왔습니다.

"마사타카는 너 때문에 아픈 거니 잘 보살펴 주거라. 결혼해서 책임져야지, 안 그러면 곤란해."

처음에는 어머님이 무슨 말을 하는지 잘 몰랐지만 자세히 들어보니 잘난 자기 아들이 일을 관두고 본가에 박혀 있는 게 어머님이 말하는 '상식'에 맞지 않으니, 그 상황에서 탈출하기 위한 수단으로 저를 찾아온 듯했습니다.

"저기, 그런데 마사타카 씨가 결혼하자는 말을 한 번도, 지나가는 말로도 한 적이 없어요."

제가 당연하다는 듯 이렇게 말하자 어머님의 얼굴이 새빨개졌습니다.

"그런 건 네가 말하면 되잖니."

어머님의 막무가내에 머리가 멍해졌으나 마사타카와 결혼하면 복수를 계속할 수 있으니 그걸로 됐다고 생각했습니다.

이렇게 해서 저와 마사타카의 결혼은 '제가 원했다는' 식으로 진행되었어요.

졸업과 동시에 결혼 생활이 시작되었습니다. 결혼하기로 한 뒤 살 곳을 정할 때는 마사타카가 아닌 어머님과 실랑이를 벌였습니다.

저는 어머님과 함께 사는 것도 괜찮았는데 어머님은 직업이 없는 마사타카를 주변 사람들에게 보이고 싶지 않은 듯했습니다. 저는 전세를 원했지만 어째서인지 제가 신축 아파트를 사는 것으로 결론이 났습니다.

그렇게 신혼 생활이 시작됐습니다.

결혼 생활을 하는 10년 동안 우리는 제가 벌고 마사타카가 소비하는 관계였습니다.

마사타카는 집에 편집자가 오는 것을 좋아했습니다. 자신도 소설가라며 어필할 때마다 저는 웃음이 멈추지 않았어요.

저는 마사타카가 '언젠가 해보고 싶다'고 생각할 만한 일을 우선으로 받았습니다. 그럴 때마다 아쉬워하는 마사타카의 표정을 보는 것이 저의 낙이었어요.

어머님의 시집살이도 웃으며 넘길 정도였습니다.

제가 목표를 달성할 때마다 마사타카의 소비와 바람기는 심해졌습니다.

마사타카는 마사타카대로 제게 복수하고 있었습니다.

자신이 하고 싶은 일을 제가 하고 있다. 그런 제게 벌을 줄 생각이었겠죠.

창작 활동을 하겠다는 이유로 일을 그만뒀는데 시간이 흘러도 마사타카의 작품은 완성될 기미가 보이지 않았습니다. 분명 그런 날은 오지 않는다고 생각하고 있었어요. 이대로 마사타카는 썩어가겠다며 속으로 비웃었습니다.

하지만 그럴 수 없는 상황이 왔습니다. 1년 전 제가 뇌종양을 선고받았기 때문이죠. 종양은 치료하기 어려운 곳에 자리 잡았고 크기가 꽤 커서 저는 수술하지 않기로 결정했습니다.

그리고 감정을 잃기 전에 죽기로 마음먹었습니다.

거기까지 결정을 내렸지만 그동안의 제 인생은 뭐였을까 새삼스레 되돌아보다 허무해졌습니다.

그래서 마사타카에게 마지막 복수를 하기로 결심했습니다.

복수보다는 실험에 가까울지도 모르겠습니다. 제가 당하면서 정말 싫다고 느낀 행동을 했을 때, 마사타카가 어떻게 나올지 몇 번이고 생각했습니다.

그러다 똑같은 행동을 마사타카에게 한다면 그는 저를 죽이지 않을까 하는 결론에 이르렀습니다. 마사타카는 제가 아무리 목표를 달성해도 저를 얕봤습니다. 선배는 이미 알았겠지만 마사타카는 다른 편집자에게 제 작품은 데뷔작만 읽었고 그 외 작품에는 관여하지 않았다고 말하면서도 실은 전부 꼼꼼히 읽고 포인트가 벗어난 충고와 불합리한 평가를 내렸습니다.

가장 상처받은 말은 이것이었습니다.

"네 독자들은 참 수준도 낮네. 이렇게 가벼운 소설로도 기뻐하잖아."

제가 아닌 독자들을 향한 이유 없는 비난은 저를 힘들게 했습니다.

마사타카의 작품을 읽고 당한 대로 되돌려주고 싶어.

그렇게 죽는다면 재밌겠네.

그때부터 저는 만약 그랬을 때 이후에 어떻게 될지를 생각해 봤습니다.

소설의 복선을 생각하는 작업과 똑같았습니다.

얼마나 드라마틱하게 진행될까 상상했습니다. 마사타카는 분명 별장에서 토막 내겠지. 시체 일부는 호수에 버릴지도 몰라. 그러면 묘지는 야마나카호수가 되는 걸까. 그것도 나쁘지 않았습니다.

이 계획에서 가장 어려운 부분은 마사타카에게 '습작'이 아닌 글을 쓰게 하는 일이었습니다. 그 일은 사오리 씨가 도와주었습니다. 마사타카의 작품을 읽고 싶어 하는 사람은 단 한 명도 없었기에 의욕을 주고 싶다고 말하며 부추겨 달라고 했습니다.

마사타카가 드디어 무언가를 쓰기 시작하자 사오리 씨에게 다음 지시를 내렸습니다. 중간에 글쓰기를 그만두는 일이 없도록 '임신했다'고 거짓말을 하게 했죠. 마사타카는 사오리 씨의 임신을 계기로 더욱 집중해서 무언가를 썼습니다. 하지만 가장 중요한 사오리 씨에게는 아무런 도움도 주지 않더군요. 마사타카에게 여성은 안심시킬 대상이 아니었습니다. 배려가 없어요. 실제로 임신하지 않았어도 마사타카의 이런 태도는 사오리 씨에게 불신을 안겨주기에 충분했다고 생각합니다.

사오리 씨는 마사타카를 원해서 만난 것이 아니었기에 처음부터 망가질 신뢰조차 없었을 겁니다. 의도는 달랐지만 사오리 씨의 임신으로 마사타카가 마지막까지 글을 쓸 마음이 생긴 것은 틀림없었습니다.

이렇게 마침내 마사타카가 소설을 완성하는 무대가 갖춰졌어요.

저는 처음 이 계획을 떠올렸을 때 죽은 뒤를 생각해 봤습니다. 마사타카가 별장에서 저를 토막 낸다면 기억을 덮어 버리기 위해 두 번 다시 그곳에 가지 않을 것 같았어요.

그러면 시시할 것 같았습니다. 저를 죽인 사실을 서서히 두려워했으면 하는 마음에 별장에 갈 수밖에 없는 상황을 만들기로 했습니다.

이 계획에 가장 방해가 되는 존재는 어머님이었습니다. 마사타카의 집안에는 어느 정도 자산이 있었거든요. 아파트를 살 때 아무것도 지원하지 않으면서 명의는 마사타카로 해야 한다고 주장한 어머님이라도 그가 곤란해지면 돈을 내줄 것 같았습니다.

그래서 저는 어머님에게 보낸 영상 속 내용대로 어머님이 하시모토 료스케와 만나도록 상황을 만들었습니다. 제가 한 행동은 분명 비난받겠지요. 하지만 어머님이 하시모토 료스케에 대해 말할 때 저에게 시집살이를 시킬 때보다 훨씬 밝은 미소를 보여주셔서 그렇게까지 나쁜 짓을 했다고는 생각하지 않습니다.

제가 죽은 뒤에도 어머님은 행복하지 않을까요.

단, 돈이 계속 있어야 한다는 전제가 붙는다는 점이 안타깝네요.

이것으로 어머님이 마사타카를 도와줄 일은 없어졌습니다.

그리고 저라는 수입원이 끊긴 마사타카는 도쿄에 있는 아파트를 팔아 별장으로 가게 됩니다. 여기까지 제 생각대로 된다면 모처럼인 만큼 별장에 특별한 손님을 초대하기로 했어요.

제 친구 사사키 에미의 아버지인 사사키 노부오입니다. 메일을 보내봤더니 곧 아주 만족스러운 반응이 돌아왔습니다.

에미는 복수를 원하지 않았어요. 그 의사를 줄곧 존중해 왔지만 막상 제가 죽게 되니 사사키 노부오를 용서할 수 없었습니다.

저는 혼자 살아남은 뒤 계속 그날을 생각했습니다. 그리고 이런 의문이 들었어요. 사사키 노부오가 에미를 성적으로 학대하지 않았다면 과연 에미와 친구가 될 수 있었을까? 에미는 우리의 고독과 괴로움을 이해해 주었습니다.

그건 자신이 괴로웠기 때문이겠죠.

저는 이런 생각을 하게 만든 사사키 노부오를 용서할 수 없었습니다.

그래서 지금껏 이야기한 적 없던 '하얀 새장 사건'을 쓰기로 결심했습니다. 이 사실을 알리는 메일을 사사키 노부오에게 보냈습니다. 사사키 노부오는 에미가 죽은 뒤 개인적으로 학원을 차려서 운이 좋게도 홈페이지에서 간단하게 개인정보를 얻을 수 있었습니다.

메일을 몇 번 보내봤더니 답장이 왔습니다. 만약 작품이 블로그에 올라가면 어떤 반응이라도 크게 보일 것 같았어요.

별장으로 저를 찾아오거나 자살할 가능성도 있어 보였습니다.

가능하면 마사타카가 있는 별장으로 가줬으면 싶지만 저는 이미 죽었으니 어떻게 될지는 상상에 맡길 수밖에 없다는 점이 아쉽습니다.

아시겠지만 마사타카는 자존심이 아주 세고 겁도 많은 남자입니다. 선배에게 습작조차 보여주지 못했으니까요.

마사타카의 작품은 뭐, 아주 형편없었습니다. 비난받지 않고 내려 했기 때문이라고 생각해요. 다른 사람의 작품을 비판의 대상으로만 두고 자신을 갈고닦는 데는 쓰지 못한 인간의 말로였습니다.

저는 마사타카에게는 유서를 남기지 않기로 했습니다.
그러면 마사타카는 제가 무엇을 하고 싶었는지, 왜 살해당하기 전에 유서를 썼는지 계속 생각하게 되겠죠. 아니면 제가 무언가를 남겼을지도 모른다는 망상에 시달릴 수도 있고요. 그렇게 마사타카는 생각에 생각을 거듭하면서 별장에서 조금씩 병들어 갈 겁니다.
어쩌면 제 예상과 추리를 벗어난 일이 생길 수도 있지만 그건 그거대로 좋습니다.
계획대로 마사타카에게 살해당한다는 목적은 이뤘으니까요. 앞으로 죽게 될 저는 안타깝게도 미래를 확인하지 못합니다. 그러니 제가 알고 있는 진실은 여기에 쓴 대로입니다.
한 가지 부탁이 있습니다.
이 글을 다 읽고 나면 사오리 씨의 안부를 확인해 주세요.
무슨 말이냐고요? 회사에 있다면 다행이지만 사오리 씨는 스토커이기 전에 제 작품의 열성팬이기도 합니다. 제가 쓴 유서에서 사오리 씨가 작은 단서라도 발견하면 마사타카가 저를 죽였다는 사실을 알아챌 수도 있습니다. 그러면 어떤 일이 일어날지, 무시무시한 일이 벌어지지 않을지 그런 생각을 안 할 수가 없네요.

길고 긴 이야기에 함께해 주셔서 감사합니다. 여기까지 쓰고 보니 저 자신도 왜 이런 짓을 했을까 하는 생각이 듭니다.

선배라면 마사타카와 헤어지고 얼마 남지 않은 삶을 느긋하게 보내는 방법도 있었다고 생각하시겠죠.

아마도 저는 다른 누구도 아닌 마사타카에게 사랑받고 싶었던 것 같습니다. 하지만 절대 손에 가질 수 없었죠. 마사타카에게는 없는 감정이기에 아마 제가 아닌, 그와 엮인 적이 있는 여자 누구라도 받은 적은 없을 겁니다.

그리고 저도 누군가를 제대로 사랑할 수 있을 만한 사람은 아니었어요.

말랑말랑하고 부드러운 감정 대신 손에 넣은 증오만이 저의 사랑이었습니다.

마지막으로, 모든 진실을 알릴 사람으로 선배를 선택해 죄송합니다. 하지만 선배가 가장 걸맞은 사람이라는 사실도 잘 아실 거라 생각해요. 이 진실을 어떻게 할지는 선배에게 맡기겠습니다. 그리고 사오리 씨가 그렇게 원하던 《사이코걸》 시리즈의 플롯 말인데요, 플롯이 아닌 완성한 원고를 사오리 씨 컴퓨터에서 출판사 공유 폴더에 업로드했습니다. 제목 양옆에 언더바와 730이 적힌 파일을 열어보세요.

설마 제가 자신과 똑같은 행동을 했으리라고는 상상을 못 한 것 같네요. 저도 사오리 씨의 비밀번호를 알고 있었습니다.

이 원고도 선배에게 맡기겠습니다.

마음대로 하셔도 좋습니다. 저는 선배 덕분에 소설가가 될 수 있었습니다. 선배가 많이 칭찬해 주신 덕에 마사타카가 뭐라고 해도 다른 시선으로 받아들일 수 있었어요.

선배를 좋아했으면 참 좋았겠다고 생각한 적도 있습니다. 하지만 인간이 반드시 옳은 길을 택하지는 않죠.

친구들이 그렇게 가르쳐줬는데도, 그런데도 저는 옳은 길을 고르지 못했습니다.

그렇지만 세상에 소리 한 번 질러보지 못하고 저 멀리 날아간 친구들 대신에 약간의 울림이라도 남길 수 있어서 아주 조금은 올바른 길이 아니었을까 하는 생각이 드네요.

드디어 저도 날아갑니다.

부디 건강하시고, 안녕히 계세요.

2023년 7월 15일
모리바야시 아사미

"젠장!"

가미나가 스스무가 USB에 있던 모리바야시 아사미의 유서를 읽은 뒤 욕설을 내뱉었다. 그러고는 바로 편집부 공유 폴더를 열었다. 언더바와 730이 적힌 파일을 발견해 클릭했다.

네 페이지 정도 읽고 확신했다. 등장인물의 이름, 그리고 서문. 틀림없이 그 시리즈다. 제목을 수정해 자신의 컴퓨터 파일로 옮기고 공유 폴더에서 삭제했다. 책상 구석에 던져두었던 핸드폰을 쥐고 떨리는 손으로 이케가미 사오리의 번호를 찾았다.

신호음도 가지 않고 곧바로 '고객님의 사정으로…'라는 음성 안내 멘트가 흘러나왔다.

가미나가는 등골이 오싹해졌다.

자리에서 일어나 그곳에 있던 팀원들에게 물었다.

"최근에 이케가미, 이케가미 사오리 씨랑 연락한 사람 아무도 없나?"

모두 고개를 저었다.

가미나가는 사오리에게 가까운 친인척이 없다는 사실을 기억하고 있었다. 사오리가 연말이나 설날에 고향에 가지 않은 이유도 그 때문이었다.

전화를 받지 않는 사오리는 미시마 마사타카에게 살해당했을까?

가미나가는 자신이 아는 사오리의 모든 지인에게 연락해 봤지만 똑같은 대답만 돌아왔다.

마주한 진실을 어떻게 해야 할지 고민하면서 경찰서에 찾아가 사오리의 일을 상담했지만, 성인이 본인 의지로 사라진 사건은 중요하게 여겨지지 않았다. 유서를 남기고 사라진 모리바야시 아사미 때와 똑같았다.

경찰서에서 편집부로 돌아온 가미나가는 두통이 느껴지는 관자놀이를 누르면서 가만히 떠오르는 의문에 고개를 저었다.

과연 모리바야시 아사미가 진짜로 뇌종양이고, 살날이 얼마 남지 않았던 걸까?

어린 시절 집단 자살극의 실패로 항상 괴로웠고 그래서 죽고 싶은 마음에 줄곧 계획적으로 자살할 방법을 생각하지 않았을까?

　네 여고생이 죽은 7월 30일. 아사미가 같은 날에 살해당한 것이 그 방증 아닐까.

　가미나가는 한기를 느끼고 다시 고개를 저었다.

　아사미는 자신이 알고 있는 진실이라고 했다. 그 진실의 무게에 가미나가의 머리가 또다시 지끈거리기 시작했다.

내 시체를 찾아주세요

초판 1쇄 인쇄 2025년 7월 21일
초판 1쇄 발행 2025년 7월 30일

지은이 호시즈키 와타루
옮긴이 최수영

책임편집 오윤나
디자인 형태와내용사이
책임마케팅 최혜령, 박지수, 도우리
마케팅 콘텐츠 IP 사업본부
해외사업 한승빈
경영지원 백선희, 권영환, 이기경, 최민선
제작 제이오

펴낸이 서현동
펴낸곳 ㈜오팬하우스
출판등록 2024년 5월 16일 제2024-000141호
주소 서울시 강남구 테헤란로 419, 11층 (삼성동, 강남파이낸스플라자)
이메일 info@ofh.co.kr

ⓒ 호시즈키 와타루

ISBN 979-11-94930-37-2 (03830)

반타는 ㈜오팬하우스의 출판 브랜드입니다.

- 이 책은 저작권법에 따라 보호받는 저작물이므로 무단전재와 무단복제를 금지하며, 이 책 내용의 전부 또는 일부를 이용하려면 반드시 저작권자와 ㈜오팬하우스의 서면동의를 받아야 합니다.
- 책값은 뒤표지에 표시되어 있습니다.
- 잘못된 책은 구입하신 서점에서 바꿔드립니다.